ロクでなし魔術講師と禁忌教典
アカシックレコード
Akashic records of bastard magic instructor
1

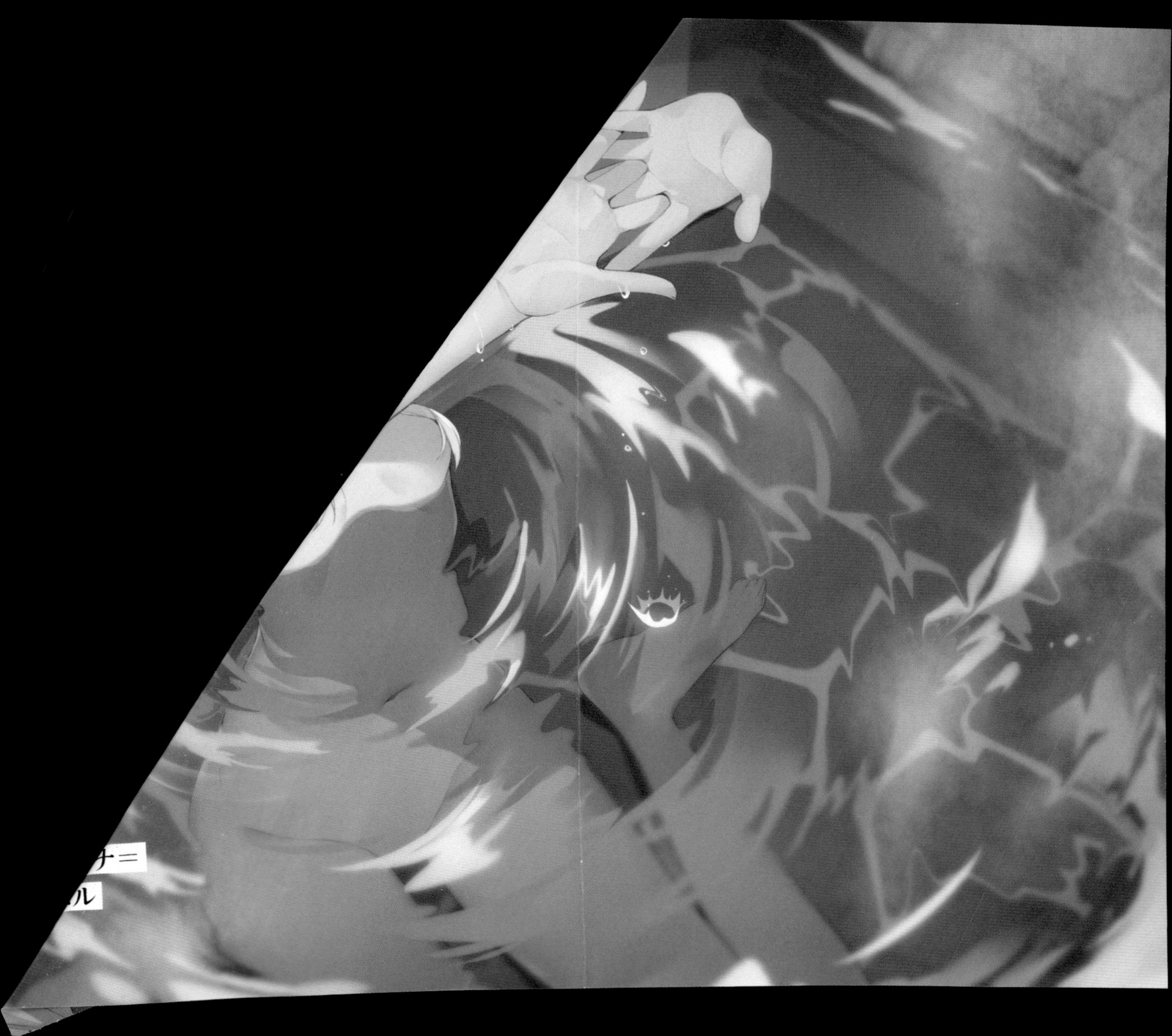

システィー
フィーベ

ロクでなし魔術講師と禁忌教典(アカシツクレコード)16

羊太郎

ファンタジア文庫

2932

口絵・本文イラスト　三嶋くろね

教典は万物の叡智を司り、創造し、掌握する。
故に、それは人類を
破滅へと向かわせることとなるだろう——。

『メルガリウスの天空城』著者：ロラン＝エルトリア

Akashic records of bastard magic instructor

Main

システィーナ＝フィーベル

―

生真面目な優等生。偉大な魔術師だった祖父の夢を継ぎ、その夢の実現に真っ直ぐな情熱を捧げる少女

グレン＝レーダス

―

魔術嫌いな魔術講師。いい加減でやる気ゼロ、魔術師としても三流で、いい所まったくナシ。だが、本当の顔は――？

ルミア＝ティンジェル

―

清楚で心優しい少女。とある誰にも言えない秘密を抱え、親友のシスティーナと共に魔術の勉強に一生懸命励む

リィエル＝レイフォード

―

グレンの元・同僚。錬金術で高速錬成した大剣を振り回す、近接戦では無類の強さを誇る異色の魔導士

アルベルト＝フレイザー

―

グレンの元・同僚。帝国宮廷魔導士団特務分室所属。神業のごとき魔術狙撃を得意とする凄腕の魔導士

エレノア＝シャーレット

―

アリシア付侍女長兼秘書官。だが、裏の顔は天の智慧研究会が帝国政府側に送り込んだ密偵

セリカ＝アルフォネア

―

アルザーノ帝国魔術学院教授。若い容姿ながら、グレンの育ての親で魔術の師匠という謎の多い女性

Character

Academy

ウェンディ＝ナーブレス

―

グレンの担当クラスの女子生徒。地方の有力名門貴族出身。気位が高く、少々高飛車で世間知らずなお嬢様

リン＝ティティス

―

グレンの担当クラスの女子生徒。ちょっと気弱で小柄な小動物的少女。自分に自信が持てず、悩めるお年頃

ギイブル＝ウィズダン

―

グレンの担当クラスの男子生徒。システィーナに次ぐ優等生だが、決して周囲と馴れ合おうとしない皮肉屋

カッシュ＝ウィンガー

―

グレンの担当クラスの男子生徒。大柄でがっしりとした体格。明るい性格で、グレンに対して好意的

セシル＝クレイトン

―

グレンの担当クラスの男子生徒。物静かな読書男子。集中力が高く、魔術狙撃の才能がある

ハーレイ＝アストレイ

―

帝国魔術学院のベテラン講師。魔術の名門アストレイ家出身。伝統的な魔術師に背くグレンには攻撃的

Keyword

魔術

Magic

ルーン語と呼ばれる魔術言語で組んだ魔術式で数多の超自然現象を引き起こす、
この世界の魔術師にとって『当たり前』の技術。
唱える呪文の詩句や節数、
テンポ、術者の精神状態で自在にその有様を変える

教典

Bible

天空の城を主題とした、いたって子供向けのおとぎ話として世界に広く流布している。
しかし、その失われた原本(教典)には、
この世界にまつわる重大な真実が記されていたとされ、その謎を追う者は、
なぜか不幸に見舞われるという——

アルザーノ帝国魔術学院

Alzerna Imperial Magic Academy

およそ四百年前、時の女王アリシア三世の提唱によって巨額の国費を投じられて
設立された国営の魔術師育成専門学校。
今日、大陸でアルザーノ帝国が魔導大国としてその名を
轟かせる基盤を作った学校であり、常に時代の最先端の魔術を学べる最高峰の
学び舎として近隣諸国にも名高い。
現在、帝国で高名な魔術師の殆どがこの学院の卒業生である

Keyword

Akashic records of bastard magic instructor

CONTENTS

序章　愚者、その正位置と逆位置

華やかな芸術の都、自由都市ミラーノ。

そこで数十年ぶりに開催された魔術祭典を目当てに、現在、世界中から観光客達がその地へと集まっている。

そして、その魔術祭典の行われているセリカ＝エリエーテ大競技場前大広場と、そこに通じる各大通りは、まさに活況の極みにあった。

だが——そんな活気溢れる都のとある一角。

その少年が、敷物を敷いて陣取るその一角だけは。

まるで活況の世界から切り離されてしまったかのように、閑散としていた。

「参ったなぁ。誰も見てくれない」

まるで異世界の出来事のように人々を眺めるその少年に、悲壮感や寂寥さはない。

むしろ、こんな自分の滑稽さすら楽しむかのように、少年は何らかの手作業を黙々と続けている。

民族的な紋様が刺繍されたローブに身を包む十代の少年だ。

目深に被ったフードと銀髪がその相貌を覆い隠しているが、なんとなく、とても美しい顔立ちをしているであろう雰囲気がある。

そんな少年、フェロード=ベリフが椅子に腰掛けるその隣には、箱のような台がある。

それは、人形劇の一式だ。

どうやら、少年は人形劇の屋台芸を商っているようだ……可哀想なくらい閑古鳥が頭上で鳴く様を〝商っている〟と表現していいのであれば、の話だが。

「今回は自信あったんだけどなぁ。この地に相応しい物語を用意してきたんだけど」

そう苦笑いでぼやいて、少年はふと手作業を止める。

少年の手に握られているのは、人形だ。

青髪の騎士と金髪の黒い魔術師を模した、手作りの操り人形。

そして、少年の傍らの木箱の中には、他にも様々な役柄の人形達が納められている。

少年は、人形劇で使うその人形達の調整作業を行っているらしかった。

「ふむ……」

少年は十字板から繋がる操り糸を垂らし、人形達をくいくいと動かす。

正直、動きが変だ。それが糸で操る人形であるというハンデを差し引いても、カクカクと滑稽な動きしかしていない。

意図したような動きにならず、少年がほんの少しだけ苦笑いする。

「あはは、なんでこうなるかなぁ？　ここの関節が……いや、こっちの糸かな……？」

少年がバツが悪そうに、変な動作をする人形達を再び弄り始めると。

ふっと、その人形に影が落ちた。

「いやはや、僭越ながら申し上げますが……」

人形に影を落とした主——いつの間にか、一人の老人が少年の前で足を止めていた。

簡素な僧服に身を包んだ、がっしりとした体格の老人だ。

強い逆光で影となり、少年からはその老人の相貌は窺えない。

「ほっほっほ……相変わらず、貴方様の芸は流行っておりませぬなぁ……誰も見ておられませぬぞ」

「あはは……そんな哀しいこと言わないでよ」

二人は旧知の仲なのか、そんな不躾にからかうような老人の台詞にも、少年は苦笑を零すだけだ。

「もういっそのこと、糸ではなく魔術で操ってみては如何かな？　大導師様」

そして、老人が穏やかにそう提案する。

「貴方様が直接、その魔導(まどう)の御業(みわざ)で人形達を支配し、操るのです。それはそれは、誰もが刮目(かつもく)する芸術的で素晴らしい演技をさせることが出来ましょう。全てが貴方様の思いのままで御座(ござ)います」

そんな老人の意味深げな提案に、少年は悪戯(いたずら)っぽい笑みを浮(う)かべて返す。

「糸でやるのがいいんじゃないか。魔導には遊びがないよ」

「ほう？」

「それに、糸に繋がれているということは、確かに思い通りとはならずとも、所詮(しょせん)、操り人形……結局は脚本(シナリオ)通りに動くしかない。なら、その不自由さは、お約束の終幕(フィナーレ)を盛り上げる良い刺激(スパイス)だと思わないかい？」

「……成る程。戯曲(ぎきょく)の主人公には、常に困難と試練が付き物……そも、娯楽(ごらく)とは本来、そういう物でしたな」

「ふっ、君も少し、仕事に遊び心を加えてみてはどうかな？　楽しさとは魂(たましい)の洗濯(せんたく)。僕達の悲願のように気の長い話であればあるほど重要なことだと思うよ」

「ふむふむ、一理あります。……が、そういう意味では、今回の一件、この私にも一つだけ楽しみがあるのですよ」

「へぇ？　仕事命の君がかい？」

「ええ。実は、個人的に注目している舞台俳優が一人おりましてな」

老人が遠くを見て、目を細めつつ言う。

「八年ぶりに会う彼の者が、一体どんな役柄をこの舞台で演じるのか……今から実に楽しみなのですよ」

「ああ、それはそれは。さぞかし君も運命の引力を感じていることだろうね」

少年は、くすくすと笑いながら、別の十字板を手に取って引き、それに糸で繋がる新しい人形を箱から取り出した。

それは、背中に白い羽を生やし、手に銀色の鍵を抱えた天使の人形だ。

それをカクカクと糸で操りながら、大導師は言う。

「我らの愛しき天使は完成しつつある。完全覚醒まで後わずか。観客総立ちの感動の終幕は近い。……そして、今回の件で歴史は大きく動くだろう。かつて、僕らが立てたプロット通りにね」

「永かったですな。あの魔女に大きく狂わされた我らの悲願も、これでようやく」

そう言って、ちらりと黒い魔術師の人形を流し見る老人。

だが、そんな老人へ警告するように少年は言った。

「……でも、まだまだ油断できないかな。偶然か、あるいは必然か……僕らの足跡を追う者がいる。〝真実〟に近づきつつある者がいる。この期に及んで、そんなことになるなんて……やはり、運命には引力というものが存在するようだ」

実に、非魔術的な話だけどね……そんな少年の呟きに、老人が返す。

「ほう？　それは、かの〝正義〟のことですかな？」

「残念ながら……彼は今のところ見込み違いかな？」

少年が遺憾そうに肩を竦める。

「彼は、完全にただの狂人さ。賢者ではない。ならば、永遠に真理に到達することは叶わない。僕が懸念しているのは、〝愚者〟の方。そして――」

一呼吸置いて、少年はほんの少しだけ表情を堅くして言った。

「――あの血統」

「ふむ。確かにあの血統は、この長い歴史の中、なぜか常にいつも真理へ最も近い場所について回っていますな。……絶やしたと思ったのですが」

「きっと、そういう星の下に生まれて来たのだろうね」

「ですが、大導師様。その真理への道標となる件の手記は、貴方様の手によって、すでに〝検閲済み〟ではなかったのではないですかな？　つまりは、件の愚者も、かの血統の者も、真理に到達することは決して――」

「さぁ、どうだろう？」

どこか愉しげに息をつき、少年は十字板を引っ張り、新しい人形を箱から取り出す。

登場したのは、くたびれたシャツにクラバット、スラックス……その他の古風な人形と比べて、近代風の衣装を身にまとう奇妙な人形だ。

それをかくかくと動かし、黒い魔術師の人形の隣に並べる。

「これから、彼が眠れる愚者――〝逆位置〟のままで終わるのか。それとも、目覚めることで何か新しい可能性を切り開く〝正位置〟の愚者――即ち賢者と成り得るのか。……さぁ、糸で繋がれた君は、どんな舞台を見せてくれるのかな？」

そんなことを呟いて。

少年は、遠く静かに過熱するセリカ＝エリエーテ大競技場を仰ぎ見るのであった――

第一章　追憶

――それは、一体、何が切っ掛けだっただろうか？

ボクには、剣の先に〝光〟が見えた。

もちろん、最初からその〝光〟が見えていたわけじゃない。

思い出せる限り、それは、ボクが歳相応の女の子としての青春を全て投げ捨て、朝から晩まで剣の鍛錬に励んでいた……あの幼き頃のことだ。

一つ一つ丁寧に体勢を、動作を、剣筋を確認しながら、剣を振る。

剣を握る手を造り、脱力、集中、呼気を整え、体重移動、重心移動、足を捌き、気を発露し、残心――

全身の骨と筋肉の隅々まで意識を通わせ、心を静め、気を練り、剣を振る。

それは作業に非ず、ゆえに気剣体の一致をもって一つの型となし、剣を振る。

剣を振るという動作において余分は微塵たりともなく、また不足もなく、自己完結。

自我が白き虚空へと浮かび、孤独となるほどの集中と没頭をもって剣を振る。

ひたすら剣を振る。振る。振り続ける。

剣を振り続け、剣を振る人形と化す。まるで自身がこの手に握る剣と同化し、自身を一振りの剣として鍛え仕上げようとでもするかのように。

そんな、ひたすら剣を振り続けていた……ある時のことだ。

「……？」

ボクはふと気付いた。

ボクが振り下ろす剣先に、ごくたまに、ちらりと黄昏色の〝光〟が見えることに。

初めは、目の錯覚だと思っていた。

鍛錬で疲れた心が見せる幻覚なのだと、そう思っていた。

だが、それは幻覚じゃなかった。

その日から、剣先に広がる黄昏色の光の強さと回数が、徐々に強く多くなっていった。

最初はちらりとしか見えなかった光が、やがて眼を灼かんばかりに強くなる。

最初は百回に一回くらいしか出なかった光が、徐々にその頻度が増していく。

剣が放つその美しい輝きに魅せられて、その光を見たくて——ボクは馬鹿のように剣を振った。振り続けた。

やがて——ボクはその光に一つの〝理〟を見出す。

この光の剣閃は、〝斬る〟というよりむしろ、〝開く〟光なのだ。

そして、この光は、剣を振るボクの中の気剣体、その何かがほんの微かでも崩れると出ない。会心にて至高、完全にて完璧なる一撃を成した時のみ、光は出現する。

だからこそ、ボクの剣士としての修業と鍛錬が進めば進むほど、その光の剣閃は強く、神々しく鍛え上げられていく。

やがて、ボクはこの光をいつでも自在に出せるようになる。

光を完全に、自分のものにしてしまう。

でも、実に不思議なことに……この光は、ボク以外の誰にも見えないのだ。

あの尊敬する師匠ですらも。

皆がボクの正気を心配したが、でも、ボクは何も怖くなかった。

きっと、この光はボクだけの光。孤独に輝く黄昏の光。

妙な確信があったんだ……ボクはこの光と共にどこまでも強くなれると。

実際、剣先にこの光を出せるようになってから、ボクは誰よりも強くなった。あの冗談みたいに強かった師匠すら、まるで剣を握りたての赤子のように思えた。

誰もがボクを剣の天才、剣の極みに至りし者と賞賛した。

でも、この光には——まだまだ先がある。未だ誰も到達しえぬ極みがある。

その極みがいかなる光景を見せてくれるのか、知りたくて——

ボクは剣を振る。剣を振る。剣を振る。

光を追いかけて剣を振る。振る。振る。振る。振る。振り続ける——

鍛えて練り上げて、鍛えて練り上げて、鍛えて練り上げて。

練り上げて、練り上げて、練り上げて、高めて、高めて、高めて、そして——

いつしか、ボクは《剣の姫》と呼ばれるようになった——

——。

駆ける。駆ける。駆ける。

血みどろの戦場を、ボクは一人駆ける。

そこは屍山血河、地獄のような戦場。

辺りに散らばるのは、かつて人間だった者達であり、戦友だった者達。

一体、いかなる死に方をすればそうなるのか……ある者は小さな立方体に圧縮され、ある者は塵の山と化し、ある者は塩の塊となり、またある者は緑色に溶けている。

——感傷に浸っている暇はない。人知を超えた悍ましさに震えている暇もない。

ボクは剣。

我が身はただ一振りの剣。

剣を振る以外に能のない身であれば、今はその役割に徹するのみ——

「は、ようやく来たか⁉〝姫〟！」

そこに辿り着いた時、ボロボロの黒いローブに身を包んだ全身血塗れのその女性は、豪奢な金髪を振り乱し、鬼神のような表情でボクを振り返った。

「遅いぞ、馬鹿！　お前ともあろうやつが、何チンタラやってんだ、殺すぞッ⁉」

「ごめん、セリカ。手こずってた。……戦況は？」

「は！　見ての通りさ！　イシェルのアーパー娘とロイドの生臭坊主は戦闘不能、ラザール坊やとサラスのスカし野郎は瀕死、かくいうこの私もまぁ半死半生……立っているのがやっとってとこだ。ああ、今日という今日は正直、あの世が見えかけたよ」

げほっ！　と。肺に溜まった血を吐き捨て、セリカが忌々しそうに口元を拭った。

「そして、ほら。来るぞ……本日の最終攻撃陣が」

セリカがちらりと地平線の先を見やる。

そこには、まるで汚泥のような不定形の異形が、ごちゃごちゃと群れをなし、津波のように押し寄せてくるのが見えた。

「まーた、〝根っこ〟どもがあんなに増えてやがる……次から次へとポコポコ生み落としやがって、あの邪神の眷属様は本当に節操がないな。ったく、この戦争、まだまだ終わる気が全然しない……あの遺跡を早くなんとかしないと……」

「……とにかく、状況は把握したよ。後はボクに任せて」

そう言って、ボクは地平線の先の汚泥へ向かって歩き始める。

「ありがとう、セリカ」

そして、背中に感じる視線の主へ、ボクはお礼を言った。

「何が？」

「だって、君はあれだけの軍勢をたった一人で抑えながら、皆を守ってくれていたんでしょ？　本当にありがとう。ボク、今日こそ誰か欠けちゃうんじゃないかって不安で」

「ふん、知らないな！　私は私の役割を果たしただけだ。それがたまたま、そこら辺で転がってる、くたばり損ないの雑魚共の命を繋いだってだけの話だ」

「それでもありがとう。……君がボクの仲間で本当に良かった」

「………………」

そう言うと、その素直じゃない友人は押し黙る。

そして。

「エリー……援護は？」

セリカはどこか拗ねたように、投げやりにそんな言葉をぶつけて来る。

「私の力は……必要か？」

「要らないよ。だって、知ってるでしょ？」

背中で応じて、ボクは腰に下がる剣を抜いた。

少しだけ寂しさを覚えながら、言葉を残す。

「……ボクは……一人の方が強いから」

そして、ボクは、とんっ！　と軽く地を蹴った。

——次の瞬間。

ボクの身体は、汚泥の異形達が群れをなす中心——まるで地獄の釜の底のような、地平線の先の最前線へと、一足駆けで飛び込んでいた。

眼下にみるみる迫る異形を前に、ボクは剣を構え——

そして、いつものように剣を振るう。

「——【孤独の黄昏】——」

カッ！

ボクにしか見えない、ボクだけの黄昏色の剣閃が、織りなす異形の群れを──

──。


ゆさゆさ。

……ゆさゆさ。

身体に感じる、心地よい揺れ。

「……リィエル。ねぇ、起きて、リィエル」

耳朶をくすぐる優しい声。

「リィエルってば、もう着いたよ？　リィエル」

「……ん……？」

それらに起こされ、リィエルは浅い眠りから浮上し、薄らと目を開いた。

まず、リィエルの上下に狭い視界の真ん中に映ったのは……緩く波打つ亜麻色の髪に、眼鏡をかけた少女の顔だ。その整った顔立ちに優しげな笑みを浮かべている。

そして、リィエルと同じく、特務分室の魔導士礼服にその小柄な身体を包み、刀と呼ばれる東方の剣をその細腰に佩いている。

　そんな少女が、リィエルの顔を正面から真っ直ぐと覗き込んでいた。

「……エルザ？」

　リィエルの寝ぼけたような呟きに、元・聖リリィ魔術女学院の生徒だったその少女――エルザは、にっこりと微笑んだ。

　リィエルは、いつもに増して眠たげなその目を擦り、白く霧がかる頭をきょろきょろと動かして、周囲を見回す。

　今、自分がいるここは、移送用神鳳が牽引する浮遊車両の中だ。

　もうすでに着陸したらしく、浮遊感や揺れはない。

　狭い室内の中、前後に向かい合うように設置された座席の一つに、リィエルは丸まって眠っていたのだ。

「ほら、リィエル、見て？　もう空の旅は終わったよ？」

　エルザがリィエルに窓の外を見るよう促す。

　だが、当のリィエルは、ぼ～っとしていた。自分の手を握ったり開いたりして、ぼんやりと見つめているばかりだ。

「どうしたの？　リィエル」

「金色の……光……」

エルザの問いに、リィエルはぼそりと応じた。

「え？　光？」

こくりと頷くリィエル。

「ん。剣先に……夕焼けみたいな金色の光が見えた……わたしには、よくわからないけど
……とても綺麗で……とても寂しそうな光だった……」

「もう、リィエルったら、夢でも見てたの？」

そんなリィエルの意味不明な言葉に、エルザは苦笑した。

「しっかりしないとダメだよ？　今日からリィエルは私の上司なんだから」

エルザが、リィエルの腕に自分の腕を並べてみせる。

エルザの袖には従騎士長の、リィエルの袖には正騎士の軍徽章がついていた。

「……よくわかんない。前から思ってたけど、このバッジ、何？」

「あ、あはは……着任早々、これは苦労しそうだなぁ……」

興味なさそうにぼやくリィエルに、エルザは苦笑いするしかないのであった。

リィエルとエルザが到着したその場所は、自由都市ミラーノから西にそう距離が離れていない場所にある、とある平原。

アルザーノ帝国軍が、今回の魔術祭典に合わせて行われるアルザーノ帝国とレザリア王国の首脳会談において、万が一の有事の際に備えて陣取ったベースキャンプ地だ。

数多くの天幕が並ぶそのキャンプ地内には、今、簡易的な結界で隠蔽可能かつ一正面作戦を遂行可能な最少限界兵力一個師団――約五千の兵力が詰めている。

そんな軍のキャンプ地を、リィエルが眠たげに、エルザが緊張気味に歩いて行く。

やがて、二人は一つの天幕に辿り着き、その入り口付近で哨戒に立つ兵士に取り次いでもらい、その内部へと入る。

天幕の内部は、簡易的に作られた作戦会議室となっており、奥に一人の魔導士が机に着き、何らかの書類作業を行っていた。

その魔導士の下へ、エルザはキビキビとした動作で歩み寄り、リィエルがトコトコと眠たげにその後を追う。

「報告します！」

そして、エルザは姿勢を正し、その魔導士へ向かってピシッと敬礼した。

「帝国軍帝国宮廷魔導士団特務分室所属、執行官ナンバー10《運命の輪》のエルザ＝ヴイーリフ従騎士長。下命に応じ、ただ今、現地入りしました！　入軍したての若輩者ですが、今は亡き父の後を継ぎ、粉骨砕身頑張ります！　どうかよろしくお願いします！」

「……ん、えーと、……リィエル。ここにいる」

生真面目なエルザとは違い、恐ろしく雑な挨拶をするリィエル。

「ふふっ、そう固くならないでください」

すると、その魔導士は書類仕事の手を止め、立ち上がった。

年頃は二十歳過ぎ程だろう。燃え上がる炎のような長い髪が特徴的な妙齢の女性だ。

その相貌は非常に見目麗しく精緻に整っているが、ある一定以上の美人にありがちな、人を寄せ付け難い硬質さや畏怖は微塵も感じさせない。優しげな紫炎色の瞳、穏やかで柔和な笑みがとても親しみやすい。

かと言って、その所作一つ一つに一切の隙も無駄もなく、相対する者に自然と背を伸ばさせる……そんな不思議な魅力を持った女性が、エルザとリィエルを見つめる。

今回のこの特別派兵師団の司令官にて、帝国宮廷魔導士団特務分室新室長、執行官ナンバー1《魔術師》リディア＝イグナイト千騎長とは、そんな女性であった。

「新参者という意味では、私も同じなのですから。こちらこそよろしくお願いします」

「いえいえ、そんなっ！」

エルザがぶんぶんっと首を振って恐縮する。

「お噂はかねがね聞いています！　アルザーノ帝国の魔導武門の棟梁イグナイト家！　その二千年の歴史の中に現れた天才中の天才！　かつて、とある事故で魔術能力を失いましたが、つい最近、奇跡の快復と復活を遂げたリディア室長のお噂は！」

「あらあら……実際の私は、そんな大層な者じゃないんですが……」

「そんなことありません！」

はにかんだように謙遜するリディアへ、エルザがほんの少し興奮気味に言う。

「軍の皆さんが口を揃えて仰っていました！　戦闘力、魔術能力、指揮能力、作戦立案能力、政治力、その全てが恐ろしいほど完璧……まるで一軍の将になるために、生まれてきたような人だ、と！」

「…………」

「当初、イグナイト卿のこの異例の抜擢を、親のエコ贔屓だの特権乱用だのと疑問視していた軍上層部が、リディア千騎長の能力を目の当たりにした途端、ぐうの音も出ないほど黙らざるを得なかったと、そう聞いています！　そんな凄い御方の下で、憧れの軍人として働けるなんて……光栄の極みです！」

「まぁ……噂に尾ひれが付いてしまったみたいですね。でも、期待してくださる皆様のためにも、誇り高きイグナイトの名に恥じぬためにも、頑張りますね」

そして、リディアは、今度はリィエルへと向き直り、微笑みかける。

「貴女もよろしく、執行官ナンバー7《戦車》のリィエル。私、貴女の上司として、これから精一杯頑張りますから、どうか貴女も、私にその力を貸してください」

すると、いつも眠たげな無表情のリィエルが、その時ばかりはほんの少しだけ……慣れている者でなければわからないくらい、ほんの少しだけ……表情を曇らせた。

「……違う。わたしの上司？　は……リディアじゃない……イヴ」

「……ちょっ!?　り、リィエル……ッ!?」

リィエルの隣でエルザが慌てているが、リィエルは何か物言いたげに、じっとリディアを見つめるだけだ。

だが、そんなリィエルに気分を害する様子もなく、リディアは落ち着き払って答えた。

「イヴ？　ああ、またその人ですね。……誰なのでしょうか？　その人」

「………………」

くすりと微笑むリディアに、リィエルの瞳が微かに鋭くなる。

「皆様、口を揃えて、私の妹だと仰るのですけど、変な話ですよね……イグナイト家にイヴなどという名前の子はいないのに。……あ、でも、アリエスという名前の妹なら、昔、家にいたのですけどね……」

「⁉」

この発言には、元・室長イヴと、現・室長リディアの複雑な姉妹関係について、人伝にしか聞かされていないエルザも、その不自然さに違和感を覚える。

これが、当主直々に勘当されたイヴに対するただの当てつけならば、リディアが古い貴族特有の価値観と陰険さを持っていたというだけなら、話は早く、簡単だ。

だが——リディアからそのような雰囲気は感じられない。

本気で、イヴのことを知らない……そんな様子であったのだ。

「………………」

リィエルはじっと、そんなリディアを見つめている。

どこか敵意を秘めた目で、リディアをじっと見つめている。

「……貴女が私を信頼できないのはわかりますわ、リィエル」

だが、リディアはそんなリィエルの目にすら気分を害することなく、真摯に返す。

「私と貴女は、お互いのことを何も知らないも同然ですもの。でも、私は必ず貴女の信頼を得られるよう精一杯尽力致します。今はそれでいいでしょうか？」

それでも、なんだか納得いかなそうなリィエルを押しのけて。

「は、はいっ！　私達もリディア室長の信を得られるよう精一杯頑張ります！」

エルザが慌ててフォローに入る。

「ええ、お互いそうしましょう。……さて、遠路はるばるお疲れの所かもしれませんが、早速、任務の話をしましょう」

そんなエルザの言葉に満足したように笑って。

リディアは、リィエルとエルザに一つの任務を下すのであった。

「これは今、大々的に動くことができない私達に代わって、貴女達に務めていただきたい任務であり、軍の訓練課程を終了したばかりのエルザさんの、実地研修の意味も含めたものでもあります。それは——」


…………。


「もう……リィエルはどうして、リディア室長にあんなこと言ったの？」

ミラーノの街中を、エルザとリィエルが歩いている。

魔術祭典という一大イベントに浮ついた都は、今日も大盛況だ。

「確かに、リィエルとはまだ面識が浅いけど、あんなに優しそうな人なのに」

「……ん、わたしにはよくわからない。ただ……」

リィエルはその無表情を、ほんの微かに深刻そうに歪めて。

「……あの人……すごく嫌な感じがした」

「嫌な……感じ？」

「ん。あの人、すごく気持ち悪い。なんか変。あの人がって言うより……なんだろう？

あの人の……ここにいる理由……？　ううん……ええと……」

「そ、そうなんだ……考えすぎだと思うんだけど……」

リィエルの感じていることが分からないエルザは、曖昧に言葉を濁すしかない。

二人の間に漂う微妙な空気を変えるため、エルザは強引に話題を変えた。

「ところで、リィエル……覚えている？」

「？」

「ほら、私、貴女に言ったでしょう？　私、強くなるって。いつか、貴女と一緒に肩を並べて戦えるようになるって」

そう告げると、エルザはとんっと足音軽く前に出て、リィエルへと振り返る。

そして、魔導士礼服を身に纏うその姿を誇るように、リィエルへ胸を張った。

「私……来たよ。ここまで来たよ、リィエル」

目を瞬かせるリィエルへ、エルザが本当に嬉しそうに微笑む。

「私、諦めてたの。父みたいに、誰かを守る剣を振るう軍人になんかなれっこないって、ずっと、そう思ってた。……でも、貴女のお陰でここまで来られた」

「……エルザ」

「そして、かつて父が背負っていたナンバー……《運命の輪》を拝命して、あまつさえ貴女と一緒に戦えるなんて、本当に夢みたい。全部、全部、リィエルのおかげ。……本当にありがとう、リィエル」

「そんなことない」

すると、リィエルがぼそりと否定する。

「エルザが軍人になれたのは、エルザが頑張ったから。わたしは関係ない」

「ううん、関係……あるんだよ……」

すると、エルザは棒立ちになるリィエルへ一歩歩み寄り、リィエルの手を取る。

きょとんとするリィエルを、エルザは互いの吐息すら感じられる距離でじっと見つめる。

リィエルの眠たげな瞳に、エルザの顔が映り込む。

「……エルザ？」

「リィエル……わたしは……貴女を……」

エルザが切なげに何かを言おうとした……その時だった。

「あー……その、なんだ？　お前ら、往来のド真ん中で、生産性のないラブコメはどうかと思うんだが……」

いつの間にか、そんな二人の傍らに立っていた青年が、気まずそうに頭をかいていて。

――それは、エルザが鍛錬によって鍛え上げた条件反射だったのだろう。

「ひ、ひゃあああああああああああーーッ!?」

途端、顔を真っ赤にしたエルザが弾かれたように、居合い斬りを放つ。

翻る神速の剣閃。

「おわぁあああああああああああああああああああああああーーッ!?」

素首をすっ飛ばさんと迫る白刃を、その青年は、咄嗟に左手の指で摘まみ受ける。

間一髪、エルザの刀は青年の首の薄皮一枚に触れるだけに留まっていた。

「ちょちょちょ――いきなり何すんじゃコラァアアアアアーーッ!?」

その青年――グレンが涙目で喚き散らす。

「何!?　何なの!?　いきなり辻斬りとか殺す気!?」

「あ、ああああああ!?　グレン先生!?　す、すみませんっ！　いきなり気配が現れたので、敵かと!?」

「訓練されすぎでしょ⁉　っていうか、俺の接近に気付かなかったのは、お前らが変な世界作ってるからだろうがぁあああああああーーッ⁉」

バクバク鳴る心臓を押さえながら、グレンは危険物から飛び下がって距離を取る。

「ったく、アルザーノ帝国代表選手団の追加護衛が来るっていうから、指定された合流地点で待ってたのに、危うくその護衛に殺されかけたぜ……前代未聞過ぎだろ」

「す、すみません！　すみません、すみません、すみませんっ！」

まったく弁明の余地のないエルザはひたすらペコペコ恐縮するしかない。

まぁ、エルザの技量なら、とっさに首の薄皮一枚で止まっただろうが……心臓に悪いことこの上なかった。

「とにかく、これからよろしく頼むぜ？　特務分室執行官ナンバー10《運命の輪》のエルザに、執行官ナンバー7《戦車》のリィエル。……女王陛下に感謝しねえとな、まさか執行官を二名も俺達の護衛に回してくれるなんて」

「はいっ！　どうか私達に任せてください！」

「ん」

溜め息交じりなグレンに、エルザとリィエルがそれぞれに応じるのであった。

「……まぁ、それにしても」

落ち着いたグレンが、ちらりと魔導士礼服姿のエルザを見る。

「お前の剣技は、こないだの聖リリィ校留学事件の時点で、リィエルと互角だった。今の人員不足の特務分室が、お前を執行官に抜擢する……なくはねえ話だとは思ってたよ。だがな……本当にいいのか？　エルザ。こっちの世界は甘くねーぞ？」

グレンは、エルザに忠告するように言った。

「お前がこれから目の当たりにするのは、魔術の闇だ。人間の薄汚い業そのものだ。お前は本当にそれでいいのか？　お前がもし、その辺りの認識が甘いんだったら、悪いことは言わねえ……」

だが、そんなグレンへ。

「大丈夫です」

エルザは毅然と、きっぱりと迷いなく言った。

「きっと、先生の仰る通りなのでしょう。これから私が遭遇するのは、想像を絶する地獄なのでしょう。その片鱗は、これまでの訓練課程と実戦で見てきました。そして、それは入り口に過ぎない……ええ、わかっているんです。でも……だからこそ、私は剣を執らねばならない。私が剣を執る意味があるんです」

「！」

「私の父――元執行官ナンバー10《運命の輪》のサキョウ＝スイゲツ＝ヴィーリフは、私に教えました。〝守るための剣を振るえ〟と。〝活かすための剣を振るえ〟と。

その剣こそが、私の全て。そのスイゲツの名が示す教えが、私に剣を執らせ、私の魂を衝き動かすんです。安寧なる生に一体、何の意味があるのでしょう？　剣で開く苛烈な道の中にこそ、私の生の証がある。それこそが――私の運命なのだと」

「………」

「心配しないでください、先生。私はこの選択に後悔しません。それは長い道のりとなるのか……あるいはとても短い道のりとなるのか、わかりませんが。私はこの剣と共に、最期まで道を歩みきってみせます」

それは――恐らく、武士道と呼ばれる、死に方に道と意味を見出し、己を高めていく東方独特の思想を汲むエルザならではの境地なのだろう。

（なるほど……こりゃ逸材を拾ったな、特務分室……）

グレンは、エルザのどこか悟りを開いたような目を前に、そう確信した。

エルザのそれは、グレンのように〝正義の魔法使いになりたい〟などというあやふやなものじゃない。望む結果を得られなければ、無惨に腐っていく類いのものじゃない。

エルザが求める物は結果ではなく、そこに至る道中にこそあるのだから。

「……そうか。お前なら大丈夫そうだな」

グレンは、遠く眩しく手の届かない物を見やるようにエルザを見つめ……やがて、ふっと苦笑しながら、踵を返す。

「お前みたいな強さが、どっかの夢見がちなクソガキに欠片ほどでもあれば……な」

「先生？」

「ほら、行くぞ。お前らは護衛だろ？　皆、待ってる——」

と、その時だった。

ばすっ！　突然、グレンの背中にかかる重量と衝撃。

「……うん？　ど、どうした？　リィエル……？」

「…………」

なんと、リィエルがグレンの背中におんぶの形で、しがみついていたのだ。

ひくっ、と。なぜか頬を引きつらせるエルザを余所に。

「グレン。どうしたの？　今、少し元気なかった」

リィエルがぴったりとグレンの背中に張り付きながら、そんなことを呟く。

「大丈夫。安心して。わたしがグレンを守る。わたしはグレンの剣だから」

「お、おい……わかった、わかったから、離れろ」

なんだかエルザから吹雪のように放たれる刺すような雰囲気に、グレンは冷や汗をかきながらリィエルを振り落とそうとする。

だが、リィエルはまるで吸い付いたように離れない。

「お、おい……離れろって！」

「やだ」

「ナンデ⁉」

「グレンに会うの久しぶりだから」

「はぁ⁉」

「それに……最近、グレン、みんなのことばかりで、わたしに構ってくれなかった」

「いや……そ、そりゃ、俺は総監督だから、仕方ねえだろ……」

「わたしにはよくわからないけど。なんだかこうしたいから、しばらくこうする」

「ちょ、おい⁉　バカ、ふざけんのはやめろ⁉」

グレンはなんとか背中に手を回して、リィエルを引き剝がそうとするが……いかなる手段を用いても、リィエルを剝がすことは叶わなかった。

「…………」

相変わらず、リィエルが何を考えているのか、グレンにはさっぱりわからない。

ただ、リィエルは眠たげな無表情で、グレンの背中に張り付き続けているだけだ。

「た、ったく、仕方ねえ奴だなぁ」

諦めたグレンは、なぜかエルザにご機嫌を取るように、引きつった顔を向けた。

「本当に、いつまでたっても甘えが抜けねえ、しょーもない妹分でさぁ……こ、こんなやつだけど、エルザ、お前、よろしく頼むわ！　あれ？　そいえば、リィエルの方が上司になるんだっけか？　こりゃ参ったなぁ、あは、あはははは……」

すると。

エルザが一陣の春風のように朗らかな笑みを浮かべて、囁くように言った。

「調子に乗らないでくださいね？」

「ファ――――ッ⁉⁉⁉」

背中に北海の氷水をぶっかけられたような感触を覚えて戦慄するグレン。

聖リリィ組で唯一まともな常識人が、まさか、そのような台詞を吐くなど完全に不意打ち過ぎて、目眩がしてくる。

「ふふっ、先生、リィエル、行きましょう？　大丈夫です。私達が到着したからには、選手団の皆さんは、身命を賭して守り抜いてみせます。選手団の皆さんは」

「あのー、その中に俺、入ってます？」

その質問には答えず、エルザはにっこりと笑って、すたすたと先に進み始める。

「……？　エルザ、少し怒ってた？　……なんで？」

「お前のせいだよ」

はぁ〜と、深い溜め息を吐くしかないグレン。

（なぁんか、俺さぁ……魔術祭典の一件が始まって以来、厄介事と気苦労しかねーぞ……

本格的に、誰か助けて……）

早く、この一件を片付けて、元の平凡な日常生活に戻りたい。

（まぁ、なんだかんだ、もう少しで全部終わる……元の生活に戻る……もう少しでな）

そんなことを思いつつ。

グレンはリィエルを背負ったまま、ぼんやりと歩き始めるのであった。

リィエルとエルザを連れて、グレンはセリカ＝エリエーテ大競技場へと戻った。

「わぁ、久しぶりじゃない、リィエル！　帝国代表選抜会以来ね！」

「お仕事で軍に戻ってたんだよね？　元気だった？」

「ん」

そして、システィーナやルミア達と合流を果たす。

リィエルとエルザという凄腕の護衛が、帝国代表選手団に合流したせいか、グレンやイヴの心労も、少しは和らぐようであった。

なにせ、昨夜は帝国代表選手団の脱落を目論む、聖エリサレス教会聖堂騎士団・第十三聖伐実行隊のルナ、チェイスら人外の怪物共と、密かにドンパチやらかしたばかりだ。

この一件から手を引くとは言ってはいたが、正直、どこまで信用出来たものかわかったものではない。こうして防衛戦力が増えるのは、ありがたい限りであった。

そして、本日は天に青く澄み渡る空がどこまでも広がる快晴。

絶好の魔術祭典日和と言えた。

昨日、砂漠の国ハラサとの試合を制し、第二回戦へと駒を進めたアルザーノ帝国。

本日の出番は午後からの予定なので、帝国代表選手団の面々は、午前中に行われるレザリア王国と工業国ガルツの対戦を、敵情視察も兼ねて観戦する運びとなっていた。

グレン達は、選手団関係者専用の観客席の一角を陣取り、中央競技フィールドで相対する、レザリア代表選手団とガルツ代表選手団を見下ろしている。

「もし、俺達が次の日輪の国戦で勝てば……決勝でやり合うのは、レザリアかガルツのどっちかだ。さて、どっちが残るかな？」

グレンの周囲では、システィーナ、コレット、フランシーヌ、ジニー、ギイブル、ジャイル、リゼ、レヴィン、マリア、ハインケルら帝国代表選手陣はもちろん、イヴ、ルミア、エレンといった裏方役、先程合流を果たしたリィエル、エルザらの護衛陣、そして、どさくさに紛れて、カッシュ、ウェンディ、テレサ、セシル、リンら応援団の面々も、ちゃっかりと居座り、試合の開始を固唾を呑んで見守っている。

「……どちらが勝ち上がると思います？　リゼ先輩」

「そうですね。昨日の第一回戦の様子を見る限りでは、判断は難しいかと」

「そうですよね……どっちの国も凄く強かったですよね……うう……」

システィーナの問いに、リゼやマリアが難しい顔で応じる。

「は！　どっちが来ようが関係ねえ！　要は、ぶちのめせばいいんだよっ！」

「おーっほっほっほ！　そうですの！　わたくし達に敵はいませんの！」

「はー……本当に、頭の中身が空っぽのお嬢様達は、いつも幸せ一杯で羨ましいですね」

相変わらず能天気なコレットとフランシーヌに、ジニーがいつものように、ぼそりと毒を吐く。

「……ふっ、君は、どちらが勝ち残って欲しい？」

「そうだな……僕は、ガルツの方に残ってて欲しいな」

レヴィンの問いに、ギイブルが眼鏡を中指で押し上げながら、応じる。

「……連中の魔術には、僕達の魔術なら付け入る隙がありそうだ」

「ふん。まぁ、小細工はお前らに任せた。俺は前に出るだけだ」

ギイブルの言葉に、ジャイルが投げやりに応じる。

そんな風に、生徒達が批評大会に耽っているのを尻目に。

「……お前はどっちが来ると思う？　イヴ」

グレンは、隣で足を組んで腕組みして腰掛けるイヴに、ぼそりと聞いた。

「そうね。私の見立てでは、レザ──」

イヴが、つんと髪をかき上げながら応じようとした、その時だ。

「この勝負──勝ち上がるのは、ガルツだ。間違いない！」

妙に自信ありげな、確信に満ちた野太い声が、背後から聞こえてくる。

グレンとイヴが振り返ると……

そこには、凄まじい威圧感の大男が、どーんと腕組みして威風堂々腰掛けていた。

帝国代表選手団でもっとも体格に恵まれたジャイルと比べても、その横幅も上背も余裕で上回っており、丸太のような手足は鋼のように鍛え上げられている。露出した肌や顔は傷だらけで、まるで歴戦の荒武者のような凄みを惜しみなく放っている。

その筋肉ではち切れんばかりの身体を、申し訳程度に覆う白いローブが、この大男が一応、魔術師であることを物語っていた。

「えーと、どなた？」

「ははは。彼は、緑の国タリーシン、樫の樹の学舎の代表選手団のドルイド僧、ギリアム=ウォーラスさ。おとついの試合を見てなかったのかい？」

頬を引きつらせたグレンの問いに応じたのは、近くの席に腰掛けていた、砂漠の国ハラサの代表選手団のメイン・ウィザード、アディルだ。

その隣には、アディルの相棒の少女エルシードがいる。

昨日、システィーナと死闘を繰り広げた時の負傷は完全に癒え、今のアディルはもう観客の一人に徹しているようであった。

「いや……俺はちょっと用事で席を外してたからな……」

アリシア七世との、極秘面会のことを思い出すグレン。

「で、そのギリアムさん、樫の樹の学舎だっけ？　えーと、そこの監督さんか、何か？」

「ん？　僕達と同じ選手団の生徒だよ。しかも、大会最年少の十四歳」

試合が終われば敵味方なしということなのか、あるいは生来そういう性格なのか。

アディルはくすくすと笑いながら、実に気さくにグレンへ話しかけてくるが……それどころではない。

「じゅ、十四……ッ⁉　十四ッ⁉　あ、あれで……？」

「……世界は広いわよね……」

もの凄い存在感と貫禄を周囲に放ち、その圧によって周囲の席をぽっかりと空けさせているドルイド僧の少年（？）ギリアムを見つめながら、グレンはおろかイヴですら冷や汗をかいていた。

そんなことは意にも介さず、ギリアムは貫禄たっぷりにグレンへ言葉を投げる。

「残念ながら、アルザーノ帝国の猛者達よ。うぬらの快進撃も此処までよ。何故ならば、うぬらの前には、ガルツ魔導工専の猛者共が立ちはだかるのだからな」

「ねぇ、君、本当は何歳？　十四歳って嘘だよね？　嘘だと言ってよ？」

グレンのツッコミをスルーするギリアム。

「彼奴らは、この我等タリーシンの精鋭を正面から打ち破った、強者中の強者……我等を打ち破ったからには最早、優勝以外に有り得ぬだろう」

「ていうか、自分達が負けたのが悔しいから、その相手に優勝して欲しいだけじゃ？」

アディルのツッコミをスルーするギリアム。

「ガルツの魔術師達の恐ろしさは、その世界最高峰の魔導工学の粋を尽くした、魔導傀儡と絡繰兵器の製作技術にこそある！　鋼鉄で作られたそれらは、恐るべき火力と頑健さを誇り、相対する者を蹂躙するのだ……ッ！　見よッ！」

ギリアムが、中央競技フィールドへ、びしりと指を向ける。

フィールドの中心に巨大な砦があり、その周辺に平野や森などが広がっている。

今回の試合ルールは、攻守に分かれた攻防戦だ。敵チームのメイン・ウィザードを討ち取る他に、防衛側が拠点とする砦を攻撃側から守りきれば、防衛側の勝利、攻撃側が砦を制圧すれば、攻撃側の勝利。……そんなルールだ。

そして、砦を陣取る防衛側となったガルツの代表選手団が、砲や罠など、砦に様々な魔導の絡繰兵器を召喚し、設置している。

「はへー……こりゃ、全部生徒達の自作か？」

「ええ、改めて見ても、凄い魔導技術力だと思うわ」

「ふっ、そうだろう？」

感心するグレンとイヴへ、なぜかギリアムが得意げに言う。

「ふっ、あの絡繰達を前に、大自然を操る我等が緑の魔術が手も足も出なかったわ」

「まぁ……タリーシンは元々、自然と共に生きる平和主義国家だからね……緑の魔術も本来、戦闘向けの魔術じゃないし……」

ギリアムの肩をアディルが叩く。

「まぁ、君が後、一人か二人居れば、話もまた違ったんだろうけど」

と、その時だ。

グレン達が見守っている中、ガルツのメイン・ウィザードらしき少女が、何事か呪文を唱え始めた。

すると、その少女の眼前に、機械が組み合わさった巨大な蒼い甲冑のような物が召喚される。明らかに、人が防具として着用するような代物には見えない。

「な、なんだありゃ……？」

少女の前で、その巨大な甲冑の前面部が、蒸気を上げながら扉のように開く。

少女がその甲冑を着込むように、甲冑の中へ乗り込むと、甲冑の前面扉が閉じる。

すると、少女が着用した巨大な甲冑が、蒸気と魔力の電撃をバチバチと上げながら駆動し、まるで人のように、滑らかに軽やかに動き始めた。

「……魔力駆動式外装鎧か⁉」

心当たりを思い浮かべたグレンが、手を打つ。

「ええ、そうよ」

それにイヴが頷く。

「次世代の魔導士装備として、アルザーノ帝国でもかつて、それなりの資金を投入して研究されていたわ。でも、鎧に組み込む機械部品の規格化と安定供給の困難さ、動作性能の不安定さと整備の専門性の高さ。何より科学技術を大きく魔導に取り入れなければならない点……それらが旧世代の軍関係者や魔術師達に嫌われ、お蔵入り。現在は一部の好事家が細々と研究を続けているだけの技術よ」

「なるほど、工業国家ならではの魔術ってやつか……やっぱり世界は広いな」

魔術学院の魔導工学教授オーウェル＝シュウザーがこの場にいたら、大喜びだっただろうな……と、グレンがそんなことを漠然と考えていると。

「キタァアアアアアアアアアアアアーーッ！」

背後から凄まじい声量の奇声が上がった。件のギリアムさんである。

「ガルツのメイン・ウィザード、フレデリカたんの魔力駆動式外装鎧『ブルー・レクス』だぁあああーーッ!? ぬぅううう、格好良いッ！　なんて格好良いのだッ！」

諸手を挙げて、狂喜乱舞なギリアムさん。

それまでの歴戦の荒武者のような風貌と貫禄からギャップがありすぎて、グレン達は開いた口が塞がらない。

「し・か・もッ！　あんなに小さくて可愛らしい女の子が、あのような厳つくてゴツい鎧を着て戦うなんてッ！　ぐふはははーーッ！　滾るッ！　そのギャップに我の魂の奥底に眠る何かが滾るわッ！　我、フレデリカたんに敗れて一片の悔い無しッ！　頑張れぇえええええええええええーーッ！　フレデリカたぁああああんっ！」

「あ、うん、まぁ……十四歳と考えれば、歳相応だよな……？　うん」

「歳相応？　いや、アレはもう別の何かでしょう……」

グレンとイヴは、考えるのをやめた。

そんなこんなで、やがて、試合前の準備は整って。

観客達が固唾を呑んで見守る中、工業国家ガルツとレザリア王国の試合は、厳かに始まるのであった──

──。

そして、その結果は──

「圧勝だったな」

「……ええ、一方的だったわね」

グレンの神妙な言葉に、同じくイヴも硬い表情で応じる。

決着が付いたというのに、しんと静まりかえる会場内に、その言葉が寒々しく響く。

「ああ……レザリア王国の圧勝だ。勝負にすらなってねぇ……」

グレンが改めて、中央の競技フィールドを見下ろす。

すると、そこにあるのは、無惨に打ち壊されたガルツの防衛砦、ガルツが仕掛けた数々の魔導兵器の残骸。そして──大破したガルツ自慢の魔力駆動式外装鎧達だ。

ガルツ側は重傷者多数。魔術師生命を絶たれた者も何人かいるかもしれない。死人が出なかったのは奇跡に近いだろう。

見れば、ガルツのメイン・ウィザードのフレデリカが、がっくりと膝をつき、壊された己の魔力駆動式外装鎧の傍で、悔し泣きに噎んでいる。

そんなフレデリカを、レザリア王国のメイン・ウィザード、マルコフがまるでゴミでも見るかのような目で、蔑むように見下ろしていた。

「レザリア王国のファルネリア統一神学校の連中が操る神聖法術……また、なんつーバ火力だよ……特に、メイン・ウィザードのマルコフ＝ドラグノフ……あいつがヤベぇ……あいつが投げ放つ法力の前には、鋼の塊なんて紙屑だぜ……」

グレンがうめき声を上げる。

レザリア王国とガルツの戦いは終始一方的であった。

魔術によって強化された魔力駆動式外装鎧の防御力は本物だ。並の魔術では、傷の一つすらつけられないだろう。あれを突破するならば、様々な布石や小細工が必要だ。

だが——対するレザリア王国代表選手団は、特にメイン・ウィザード、マルコフ＝ドラグノフは己の法術の超絶的な大火力で正面からねじ伏せてみせたのだ。

聖エリサレス教会聖堂騎士団と異端審問会は、時に人外の怪物……悪魔や不死者などとも戦うこともある。それらに抗しうるのは絶対的な火力……混じりけのないシンプルな強さ。それを証明するかのような試合内容であった。

「うおおおおおおおおーーんッ！　ふ、フレデリカたぁあああああんッ!?」

向こうで号泣に噎び泣くギリアムさんは、とりあえず置いておいて。

「おとついの対セリア同盟戦は、完全に遊びだったみたいね……多少の小細工じゃ、押し切られてしまうわ。はぁ……作戦考え直さないと」

イヴが頭の痛そうなしかめっ面をしており。

「………………」

アルザーノ帝国代表選手団の面々も、皆一様に絶句していた。

リゼやレヴィンといった選手団の主力実力者も、今の一戦で垣間見たマルコフの力に、額に浮かぶ冷や汗や動揺を抑えられないようであった。

（あー、拙いなこりゃ……午後から、日輪の国との試合があるっていうのによ……）

それを突破しなければ、レザリア王国との試合どころではないのだ。

何か、言葉をかけてやらねば……グレンがそう思っていると。

「アンタが、アルザーノ帝国チームの監督さんかい？」

不意に、軽薄そうな声が、グレンの背中にかけられる。

グレンが振り返ると、そこには赤いローブの少年が佇んでいた。茶髪で軽薄そうな、いかにも世間を舐めて遊んでいそうなボンボンの雰囲気である。

だが、軽薄そうに見えるのはその見た目だけで、その目からは聡い光と思慮深さが感じられる。どうやら見た目通りだけの人物ではなさそうだ。

「……お前は？」

「ああー、初めましてっす。俺はセリア同盟、大魔術ギルドのメイン・ウィザード……アルフレッド＝セリタリー。以後、お見知りおきを、センセ」

「セリタリー……？　ああ、あのセリタリー家か。その名は帝国でも有名――」

「家の名なんて関係ねっすよ？　今の俺は、初日でレザリアにボコられた、かっちょ悪い負け犬っすから！　あー、今から家に帰った時のこと考えると気が重てぇっす」

たはは、と皮肉げに笑うアルフレッド少年。

言動は軽薄そのものだが、なんとなく好感が持てる人物であった。

「で？　なんだ？　俺に何か用か？」

「いや、センセも見たっしょ？　レザリアの、ファルネリア統一神学校の連中……もし、連中と戦うことがあったら、棄権もまた一つの手だって、そう伝えたくてさ」

棄権。

それについて、つい最近トラブルがあったこともあり、身構えてしまうが……このアルフレッドという少年は、純粋にこちらの身を案じての発言だということはわかった。

「おたくのシスティーナちゃん……見たところありゃー、何十年かに一人っていう逸材さ。正直、一生勝てる気がしねえ……」

「………」

「で、ファルネリア統一神学校の連中……特にあのマルコフは、完全にアルザーノ帝国を異端者扱いで敵視していらっしゃる。確実に潰しに来るぜ、システィーナちゃんをよ。帝国の代表を王国の代表が叩き潰せば、これ以上の格付けはないっすからね」

「……成る程。だから、大人しく退くのもありだと？」

「ああ、そうさ。あんなイカレ野郎に、律儀に付き合う必要ねっすよ、マジで。システィーナちゃんには将来がある」

すると、そんなアルフレッドへ、イヴが不意に口を挟んだ。

「そう言えば、アルフレッドと言ったかしら？　貴方……マルコフに仲間を壊されるのを避けるため、彼我の戦力差から、早々勝負に見切りをつけ、上手に負ける采配をしてたわね？　仲間達に護りのルーンを密かに施しながら」

そう、セリア同盟は、全員撃破されるという不名誉な憂き目を得たが……その殆どが軽傷で済んでいる。再起不能級の怪我は負っていない。

「同じ敗北とはいえ、ガルツと比べてセリア同盟に極端な重傷者がいないのは、間違いなく貴方の隠れたファインプレーよ。褒めてあげるわ」

「え？　おお!?　ありゃ？　バレてたの!?」

アルフレッドが大仰に後頭部を叩いて、からからと笑う。

「そっちの超絶美人のお姉さん、凄いね!?　バレないよう上手くやったつもりだったんだけどなぁ！　ま、とにかくそゆことさ！　今日のガルツの連中みたいにマジでやると、最悪、壊されっから注意しなよって……まぁ、ちょいと余計なお節介をね……」

そう言って、立ち去っていくアルフレッド。

さて、ビビってる連中にどう言ったもんかな……と、グレンが何気なく、システィーナの方を見ると。

「……ッ！」

システィーナの身体が微かに震えていた。

ああ、やっぱり、ビビってんのかな？　と一瞬、思ったが違う。

システィーナはぎゅっと拳を握り固め、情熱的な目で、マルコフを見下ろしている。

まるで凄い人物を前に、居ても立ってもいられない……といった風情だ。

そんなシスティーナの姿に、グレンは目を瞬かせる。

「……何か、皆に声かけてやらなくていいわけ？　監督」

そんなイヴの皮肉げな言葉に。

「いや、少し様子を見る」

グレンが浮かせかけた、腰を下ろした。

すると、やがて、システィーナがすっと立ち上がり、帝国代表選手団を振り返った。

「どうやら、決勝の相手は決まったようね」

ごく自然に落ち着いた物腰でそう言うシスティーナに、一同の視線が集まる。

「レザリア王国代表選手団……私の見立てでは、決して私達の力が通用しない相手じゃないわ。確かに、マルコフ＝ドラグノフという突出した要注意人物がいるけど……彼は、必ず私が押さえてみせる」

ぐっと、システィーナが拳を握り固めてみせる。

その顔には強がりも不安もない。ただ、世界の壁の高さに挑戦したい……己を試してみたい……そんな若く青い情熱が穏やかに燃えているだけだ。

「マルコフさえ押さえれば、総合力なら私達の方が絶対上よ！　大丈夫！　魔術師の魔術師たる所以を、レザリアに見せつけてやりましょう！」

そして、そんなシスティーナの自信に満ちた言葉に、一同の動揺が徐々に引いていく。

「だから——まずは、午後からの対日輪の国戦よ！　皆、絶対勝とう！」

そんなシスティーナの眩しい姿に。頼もしい言葉に。

「あ、ああ！　もちろんだぜッ！」

「ええ、わたくし達が力を合わせれば、あんな火力だけの連中、怖くありませんの！」

萎えかけた帝国代表達の士気が、燃え上がっていく。

気付けば、皆、次の試合に向けて意気軒昂。最早、何の心配もなさそうであった。

「どうよ？」

そんなシスティーナを流し見ながら、グレンがどや顔でイヴに言った。

「……成長したわね、彼女」

イヴも、珍しく感心したように、グレンに応じる。

「ああ、本当に大したタマだよ。少し前までは、ちょっと危ない目に遭うと、すーぐ、ぴーぴー泣きじゃくって、頭抱えて蹲ってたんだがな……」

グレンが何か眩しい物を見るような、憧れるような目で、システィーナを見やる。

「本当に……あいつは将来、どんな魔術師になるんだろうな……どんな光景を、俺に見せてくれるんだろうな」

「ええ、そうね。彼女は間違いなく〝本物〟よ。でも……」

と、その時だった。

イヴが不意に、どこか難しいものを、その顔に浮かべていた。

「……でも、なんだ？」

「ええ、彼女……ちょっと、成長し過ぎじゃないかと思ってね」

「……？」

イヴの妙な言葉に、グレンが訝しむ。

「元々の才能もあったのでしょうけど……家、師、戦場……彼女は環境に恵まれ過ぎた。それが、彼女の才能を一足飛びで開花させてしまった。普通なら何年もかけて、少しずつ開花させるものを、一瞬でね……」

「それが何か悪いことなのかよ？」

「別に？　問題がなければ、それでいいの。……問題がなければね」

そんな要領の得ないことを言って、イヴはそのまま口を噤んでしまう。

それ以上は、何を聞いても答えてはくれそうにない。

「……何が言いてえんだ？　イヴのやつ……」

何か釈然としないものと微かな不安を感じながら。

グレンは、選手達の中心で華やかに笑うシスティーナを横目で追うのであった。


午前の試合が終了し、休憩時間となる。

試合開始までの時間を、帝国代表選手団の面々は、セリカ＝エリエーテ大競技場内の一角に設けられた特別食堂で、食事も兼ねて過ごすことになった。

この特別食堂は、魔術祭典出場関係者のみが特別に利用できる施設であり、魔術祭典運営委員会が、外部の第三者監査機関の監視の下、厳重な安全保障と品質管理を徹底して行っているため、選手達が安心して食事をできる施設だ。

魔術的な防御結界などもあり、この中において毒物混入や不正行為は不可能。

しかも、バイキング形式で、出場関係者はタダで食べ放題。

そういうわけで――

「うおおおおおーーッ！　ここは天国かぁあああああああああーーッ!?」

「世界中の人達が見ている前で、みっともない真似はやめてくださいッ！」

グレンが、山のように料理が積み上がった大皿を何枚も抱えながら感涙に噎び、システィーナがいつものように説教をぶつけるのであった。

「だって、白猫、お前⁉　世界中の料理が食べ放題なんだぞ⁉　しかも、タダなんだぞ⁉　ええい、ここの食いもんは全部、俺のもんじゃあああああーーッ⁉」

「ぁああ、もぉおおおおーーッ⁉　これだから先生はぁーーッ！」

「はい、先生っ！　向こうの七面鳥、大皿ごと全部持って来ましたッッ！　この忠誠心溢れる可愛いマリアちゃんを褒めてください！」

「おお、でかしたマリア！」

「そこ！　ロクでなしを助長さすなぁあああああああああーーッ！」

「ねぇねぇ、システィ、見て？　私、午後からの試合、システィに頑張って欲しくて……栄養つけて欲しくて、たくさんお食事取ってきたよ？」

「って、エレン、貴女、何そのケーキタワーッ⁉　私の身長くらいあるんだけど⁉」

「ほら、甘い物はエネルギーになるっていうから、きっと、システィたくさん動けるようになるよ？　……はい、あーん」

「逆に動けなくなるわよ⁉　むしろ、殺す気⁉」

いつでもどこでも、うるさい連中であった。

とまぁ、そんなカオスな食事風景もやがて落ち着いて。

マネージャーのエレンは、イヴと共に事務手続きへ。護衛のエルザは、食後に活力たくましく行動を開始した聖リリィ組や聖堂へお祈りに行くマリアに同行して。

「こうして、私達が四人きりで顔をつきあわせるのは、本当に久しぶりね」

「ふふ、そうだね、システィ」

「ん」

システィーナ、ルミア、リィエルの三人娘とグレンが、食堂のテーブルの一角で、まったりとした時間を過ごしていた。

「まぁ、俺達お互い、色んな仕事で忙しかったからなぁ……」

「この魔術祭典の一件が始まって以来、本当にね……色々あり過ぎて、毎日、夢を見ている気分だわ。思えば、私達、色んな意味で遠くまで来ちゃったのよね……」

疲れたようなグレンの言葉に、システィーナが感慨深く言った。

「ごめんね、ルミア、リィエル……代表選手団選抜会からこっち、本当にゆっくりと話す機会があまりなくて……」

「ううん、いいの。システィは夢に向けて一生懸命だったもの。私達にできるのは、システィが頑張りやすいように、支えるだけだから」

「ん。わたしも問題ない。システィーナは自分のことをがんばるべき」

「二人とも、ありがとう……」

そんな理解ある優しい友人達に、システィーナはただただ感謝するしかない。

「その……先生も」

「んあ？」

「第十三聖伐実行隊（ラスト・クルセイダース）でしたよね？　先生、また、戦ってくれたんですよね……私達のために……それに、ルミアも……」

あまり選手達を動揺（どうよう）させても良くないが、誰（だれ）も知らないのではいざという時に困る。

そういうわけで、システィーナやリゼといった一部の生徒達だけには、昨晩の一戦後、裏の事情を話してある。

今のシスティーナならば、大丈夫だというグレンの判断であった。

「気にすんな。俺はただ、あの卑怯（ひきょう）で自分勝手なクソ狂信（きょうしん）者どもが、気に入らなかったから、ブン殴（なぐ）ってやっただけだぜ？　ははん、ザマアミロってんだ」

そんな風に、偽悪（ぎあく）ぶってみせるグレンもいつも通り。

そのいつも通りさが、この非日常のお祭りの渦中（かちゅう）で、かつての日常を感じさせてくれるようで、システィーナは嬉しかった。

「大丈夫。システィーナ達は、わたしが守る。もうその、えーと……その第十三変な人達は、わたしが追い払う」

「私も皆の力になりたいの。具体的な道はまだ見つからないけど……今は、ただ、誰かのために……その中には当然、システィも入ってるよ。だから、システィは全然、気に病むことなんてないの。私がそうしたいだけなんだから……」

そんな風に打算なく言ってくれる人達、自分を支えてくれる人達の言葉に、システィーナは胸が熱くなるのを抑えきれない。

「先生、ルミア、リィエル……私、やるわ！」

昂揚する気分のまま、システィーナは立ち上がり、グレン達に宣言する。

「どこまでやれるかわからないけど……でも、精一杯、頑張る！　この大会を悔いないものにしてみせる！　皆、見てて！　私の戦いを！」

「ああ、やりたいようにやりな。見届けてやるさ、教師としてな」

「応援してるよ、システィ」

「ん。がんばって」

そんな風に、それぞれの言葉でシスティーナに激励を送っていた……その時であった。

「いやぁ～、なんちゅう覚悟と自信！　さすが、音に聞く帝国のメイン・ウィザード、システィーナはんやわぁ！」

不意にそのような言葉がかけられ、システィーナ達は声の方へと目を向ける。

そこには、狩衣と呼ばれる東方の衣装を纏った少年が立っていた。

糸目が特徴的なその相貌に、いかにも胡散臭げな愛想笑いを浮かべて、システィーナに近寄ってくる。

「えーと？　貴方は？」

「わいは、午後からあんさんらと戦う予定の、日輪の国、天帝陰陽寮の選手団の一人、シグレ＝ススキナっちゅうもんや！　どうかよろしゅー……」

と、シグレと名乗る少年が、システィーナに握手を求めようとした所で――

じゃきん！　そのシグレの眼前を、特大の刃が横切った。

リィエルが無言で高速錬成した大剣を、遮るようにシグレへ突きつけたのだ。

「ひょ、ひょえええええええーーッ⁉」

突然の事態に、思わずその場に尻餅ついてしまうシグレ。

「ああ、悪いな。この部屋の中で魔術的な不正はできねえってのは知ってるが、世界は広ぇ。どんな呪いや手段があるかわからねえ。……念のためってやつだ」

リィエルの代わりに、グレンが注釈を入れる。

グレンは頭の後ろで手を組み、何気ない風を装ってはいるが、やはり、この試合前に、何の前触れもなくシスティーナに近付いたシグレを警戒しているようであった。

「ひ、酷いわぁ……わい、そんな大それたことできへんねん！」

シグレが慌てて首を振って弁明する。

「知っとるやろ？　わい、クソ雑魚やねん!?　天帝陰陽寮のお荷物や！　メイン・ウィザードのサクヤはんの従者兼主治医ってだけで、チーム入りした味噌っかすやで!?　一回戦も、皆はんの足引っ張ってばかりで、もうしわけのーて！」

ひたすら胡散臭い。仮にも国の威信をかけて行う魔術祭典の代表選手に、何の能も取り柄もない者を選手入りさせるわけがない。

だが、確かに、グレンが霊的視覚で判断する限り、このシグレという少年、魔力容量は代表選手の誰よりも低い。全選手中、文句なしのワースト1位だろう。

立ち居振る舞いも隙だらけで、本当に何かの間違いで代表選手入りしてしまった、ただの凡人のようにも見えてしまう。

（まぁ、いいさ。もし、こいつが何か企んでいても……）

グレンは密かにポケットに突っ込んである『愚者のアルカナ』を掴み、固有魔術【愚者の世界】を起動させる。これで、もし、シグレが呪術的な不正をシスティーナに働こうとしていたとしても、無意味だ。

そんなグレンのことなど露知らず、シグレはひたすらシスティーナに話しかけていた。

「いやぁー、それにしても見てましたで？　システィーナはんの試合！　あの《砂漠の炎狼》アディルはんに勝ってしまわれるなんて、お見それしましたわ！　風を自由自在に操る変幻自在なあの戦いぶり！　しかも、こんなに別嬪さんだなんて、もう、わい完全に、システィーナはんのファンになってもうたわ！　あっはははははーーっ！」

「は、はぁ……」

どう反応したら良いのかわからず、システィーナは曖昧に返答するしかない。

グレンも、このシグレという少年の意図が読めず、成り行きを見守るしかない。

「やっぱこう、持っとる御方って、おるとこにはおるんやなぁ！　何？　こう、天に選ばれし者、ちゅーか？　なぁ、システィーナはん！」

「え、えーと……？」

「うちのサクヤはんもいい線行ってるんやけどなぁ……わいの見立てじゃ、きっと、システィーナはんには敵いまへんやろなぁ……」

と、その時だった。不意に、これまでのお調子者な様子から一変して、シグレは声のトーンを落として痛ましそうに言った。

「ああー、せめて、彼女……病気さえあらへんかったらなぁ……そしたら、まだわからへんやったんやろうけどなぁ……」

「……病気？」

システィーナはその不穏な言葉を、つい拾って聞き返してしまう。

「あっ！　いや！　今のなしなし！　すんまへん！　聞かなかったことにしてや！」

「ちょっと……気になるでしょう。サクヤさんは何かの病気なんですか？」

そういえば、このシグレは、サクヤの主治医と言っていた。

サクヤが何らかの大病を患っている可能性は非常に高い。

「試合中、何かあってからじゃ遅いでしょう？　教えてください、シグレさん。彼女は……サクヤさんは何らかの病気なんですか？　大丈夫なんですか？」

「…………」

すると、シグレはしばらくの間、何か考え込むように押し黙ってから答えた。

「仕方ありまへんな……実は、サクヤはん、心臓が悪いねん」

「――ッ!?」

「と、言ってもタダの病気やなく、魔術的疾患や。『天恵祝呪』ってご存じやろか？　要は、生まれつき、神はんから強い魔力や魔力制御能力をぎょーさん与えられたのと引き替えに背負った業や。サクヤはんの心臓は強い魔力を捻出するが、魔術行使をすればするほど心臓に負担がかかり、寿命が削れてまう。もう、長くは生きられへんやろな……」

「ちょ——それ本当⁉　重病じゃない⁉」

がたんっ！　とシスティーナが椅子を蹴って立ち上がる。

「魔術が心臓に負担をかけるですって⁉　だったら、こんな無茶な大会に参加している場合じゃないでしょ⁉　早く、法医師に診せて心霊手術を——」

「無駄や。先天的な疾患言うたろ？　誰も治せへんのや。それに……サクヤはんには、養わなきゃならん家族がおるんや」

「——ッ⁉」

「天帝陰陽寮のメイン・ウィザード張ってらっしゃるが、実はサクヤはんの家、めっちゃ貧乏でなぁ……そんで、親兄弟にひもじい思いさせへんために、サクヤはんは、文字通りその身を削って、魔術師やってんのや」

「そ、そんな……」

「もし、この魔術祭典で優勝すれば、サクヤはんの家は貴族の地位が約束される。向こう数十年は安泰や。サクヤはんも、病気の療養に専念することができるんやろが……」

サクヤを慮り、シグレが溜め息を吐く。

そんなシグレに、システィーナは何も言い返すことができない。

——と、場が重苦しい雰囲気に包まれた、その時であった。

べしーんっ！

「あ痛ぁ⁉」

深刻そうなシグレの後頭部を、扇で叩く者がいた。

「あ、貴女はサクヤさん⁉」

「一昨日の開会式以来ですね、システィーナさん」

シグレの後ろから、しゃなりと現れたのは、日輪の国の天帝陰陽寮のメイン・ウィザード、サクヤ＝コノハであった。

「それはさておき……シグレ」

「ひっ⁉」

もの凄く怖い笑顔をサクヤに向けられたシグレが、戦々恐々と縮こまる。

「貴方はどうして、そんな嘘ばかり吐くのです？」

「……えっ？　嘘？」

システィーナが、きょとんとシグレを振り返る。

すると、シグレはしばらくの間、無言で押し黙り……

「だは、だはははは――ッ！　こりゃバレてもうたら仕方あらへんなぁ！」

突然、おかしそうに大笑いを始めた。

「悪いなぁ、システィーナはん。全部、嘘や。サクヤはんの病気の話も家のことも！」

「はぁ!?」

「いやぁ、試合前にちょお～っと、精神的に動揺させて、その隙でも突こうかと思うて……あぶぅ!?」

おどけるシグレが、突然、身体をびくんっ！　と震わせ、床に転がる。

「もうっ！　貴方って人は、どうしていつもいつも、そんなにゲスなのですか!?」

見れば、サクヤが左手に持った奇妙な藁人形に、右手で釘を刺している。

「この神聖な祭典すら穢そうとして！　今日という今日は許しませんからね！　えいえいえいえいえいえいえいっ！」

ぶすぶすぶすっ！　と、藁人形の全身に釘を刺しまくるサクヤ。

「あぎゃんっ!?　ふぅうん!?　いやぁ！　も、もっと優しくぅううう――ッ!?」

藁人形に釘が刺さる度、シグレはまるで藁人形の身代わりのように身悶えして痛がる。

「……何コレ？」

「多分、東方の呪術だろうな……俺達で言う共感魔術系統だと思うが。多分、普段から使ってる〝お仕置き〟用だろ……」

この光景だけで、サクヤとシグレの普段のやり取りや関係性は想像するに難くない。

疲れたような半眼で、その成り行きを見守るシスティーナとグレン。

やがて、ひとしきりお仕置きを終えたサクヤが、システィーナへと振り返った。

「本当にもう、うちのバカが、ご迷惑おかけして本当にすみません。なんとお詫びを申し上げたらよいのやら……はぁ……」

「あ、いえ、別に……その……病気が嘘ってのは本当なんですか？」

「ええ、そうですよ。私はそんな病気知りませんし、家だってそれなりに裕福です。この人は、いつもああやって口先だけで人を煙に巻くんです。口先の魔術師です」

げしっ！　と。サクヤが笑顔のまま、足下で気絶しているシグレを踏みつける。

「なんだぁ、良かったぁ……本当だったら、どうしようかと思ったわ……」

ほっと安堵したように息を吐くシスティーナ。

だが、そんなシスティーナを前に、サクヤは一瞬、目を細めて押し黙り……そして、厳かに言った。

「システィーナさん。魔術師が己の威信を賭けて戦いの場に出る以上、相手の事情なんて関係ありません」

「え？」

「私も、貴女も、譲れない何かのために戦う……そうでしょう？」

「……う、うん……そうだけど……」

「ならば、せめて、お互い無心で全力を尽くし、正々堂々と戦いましょう。お互いに悔いが残らないように」

そんな、希うようなサクヤの言葉に。

「ええ、当然よ！　わかってるわ、そんなこと！　良い試合にしましょうね！」

システィーナは、明るくそう応じるのであった。

そして、その時、その様子を見守っていたルミアが気付く……グレンが、やや険しい顔をしていたことに。

「……先生？　どうしたんですか？」

「いや、別に……なんでもねーよ」

グレンは言葉を曖昧に濁すが……その時、はっきりと一抹の不安を覚えていた。

──彼女……ちょっと、成長し過ぎじゃないかと思ってね──

あの時、イヴの零した言葉の意味が、なんとなくわかりかけてきたのだ。

（白猫……お前……）

だが、今はどうすることもできない。

恐らく、言ってもシスティーナ自身理解できないだろうし、言ってどうこうなるものでもない。そもそも、それは欠点ではなく、彼女の美徳ですらあるのだ。

グレンは、試合前にサクヤと談笑を続けるシスティーナを、ただ黙って見守るしかないのであった――

「シグレ。さっきはなぜ、システィーナさんにあんなことを言ったのですか？」

システィーナ達と別れた後。

自分達以外、誰もいない選手控え室にて、サクヤがシグレを問い詰めていた。

「はて？　あんなことってなんやろか？」

「とぼけないでください。私の病気と家のことです」

「あー、だって、事実やろ？」

「～～～ッ⁉」

あっけらかんとそんなことを言う旧来の従者を、サクヤは嚙み付くように睨み付ける。

「そない顔せんといてえな……ちゃんとサクヤはんの顔立てて、嘘ってことにしといたんやからさ！　ノーカンや！　ノーカン！　あのお仕置きで勘弁したってな！」

「で、ですが……あんな同情心を煽って、隙を探るような卑怯な行為は──ッ！」

「その程度で隙作るんなら、その程度の魔術師ってだけの話や。違うかや？」

「！」

気付けば。先程までのお調子者然とした顔はどこへやら。

シグレはその糸目を薄らと開き、どこまでも冷え切った雰囲気を纏っている。

その油断も隙もない佇まいは、間違いなく〝魔術師〟のそれであった。

「わい……システィーナはんのこと、気にいらんのや」

「し、シグレ……何を……ッ!?」

「彼女のこと、事前によう調べたし、おまけに傍から見てたら余裕でわかるわ。家柄、才能、金、環境……彼女は全部、生まれながらに持っとる。それに乗っかって何の覚悟もないまま、惰性で魔術師やっとる。この場に立っとる。それが気にくわんのや」

「そんなことはありません。彼女だって、ちゃんと並々ならない努力と、命がけで戦う覚悟を……」

「ちゃうちゃう。そっちじゃあらへん。わいが言うとるのは、〝魔術師の覚悟〟や。わいの言うてること、わかるやろ？　サクヤはんも」

「………」

そんなシグレの言葉に、サクヤが何も反論せず押し黙る。

「そんな甘ちゃんが、何も持ってない身から血反吐を吐きながら今の地位を手に入れ、覚悟を持って魔術師たらんとするサクヤはんに勝っていいわけない！　わいは——ッ！」

「私情は捨てなさい、シグレ＝ススキナ」

努めて静かなサクヤの物言いに、シグレが押し黙る。

「相手の事情は関係ありません。私達は私達のために勝つ。……それだけでしょう？」

「……そうやったな」

そして、サクヤは消沈するシグレの手を取り、安心させるように微笑んだ。

「私は必ず勝ちます。だから、シグレ、どうか心配しないで。貴方はずっと昔からそうだったように……私のことを傍で見守っていてください。……ね？」

「………」

そんな風に、どこまでも朗らかに微笑むサクヤを前に。

シグレは物思う。

（ああ、勝てればいいんや、勝てれば。じゃが、試合を見る限り、正直、システィーナはんは強敵……恐らく五分五分……いや、厳しく見積もって、四分六分ってとこやろか？

くっ……ほんま、病気のハンデさえなければなぁ……）

ぎり、と。握り固められるシグレの拳。

（サクヤはんは……負けるわけにはいかないんや……家のためにも……何よりも、サクヤはん自身のためにも……ッ！）

そして、シグレはサクヤに気付かれないよう、心の中で冷笑するのであった。

（けれど……システィーナはんには、すでに、わいの術を刺した。いざという時には、わいが必ずサクヤはんを勝たしたる……結果、サクヤはんに捨てられても構へん……わいは魔術師や……いかなる代償を支払おうが、己が望みを叶える究極のエゴイスト共の一員や……見てみい……わいが一世一代の大番狂わせを演出したるわ！）

――こうして。

様々な思いを、渦巻く混沌の渦中へと呑み込んで。

世界中から集まる様々な人々が、様々な思いをもって戦う魔術祭典。

アルザーノ帝国代表と、日輪の国代表の試合開始の時間は近づいていくのであった――

第二章　魔術師の覚悟

今、セリカ＝エリエーテ大競技場の中央競技フィールドには、見渡す限りの大森林が広がっていた。

鬱蒼と茂る深い緑の大海に、薄霧と強烈な緑の匂いが漂っている。

その地形は大きく上下にうねり、樹海の様相も思わせた。

そして、フィールドの中央、そして西端と東端にそれぞれ一本ずつ、合計三本のラインが、魔力の光によってフィールドに引かれているのが見えた。

「せ、先生……今回の試合のルールは、どうなっているんでしょうか？」

観客席からフィールドを見下ろすルミアが、グレンに問う。

「ああ、こりゃまた珍しいことに、ライン攻防戦だぜ」

すると、グレンは腕組みしながら答えた。

「まず二つのチームが、西側と東側に、攻撃側と防衛側に分かれて陣取る。そして、西端と東端に一本ずつ、光で線が引かれているだろ？　アレがそれぞれのチームの防衛ラインだ。要は、規定時間内に攻撃側の誰かが防衛側のラインを突破すれば、1ポイント。互いに回復タイムを取って自分達で負傷を治癒し、攻撃と防衛を入れ替えて再スタート。これが1セットで以下エンドレス。十二セットやって、獲得ポイントが高い方が勝ちだ」

「もちろん、攻守側関係なく、選手に対する直接攻撃はありよ。そして、このライン攻防戦に限っては、メイン・ウィザードの戦闘不能はイコール即試合終了とはならないわ」

そんなグレンの説明に、イヴが補足する。

「あ、ひょっとして……回復タイムがあるからですか？」

「そうよ。回復タイム内に、メイン・ウィザードが戦闘不能状態から回復して、行動可能となれば続行よ。無論、回復できなかったら、お終い。サブ・ウィザードの場合は、その選手だけ〝脱落〟で済むんだけどね」

「随分と過酷なルールなんですね……」

「ああ。これは、魔術師が戦場に登場し始めた頃の名残を汲むルールだしな」

不安げに呟くルミアに、今度はグレンが補足した。

「当時は、魔術師の絶対数が少なかったから、敵の魔術師に一人でも防衛ラインを突破されちまうと、その国は滅亡確定だったんだよ。だからこんな試合ルールができた」

「……ッ！」

改めて、魔術というものの潜在的な恐ろしさに息を呑むルミアであった。

「大丈夫かな、システィ……そういうルールだったら、回復タイムに立ち直れないくらいのダメージをメイン・ウィザードに与える……そんな戦法もあるんじゃ……？」

「まぁ、あるかもね」

イヴがさらりと応じた。

「一応、この競技場には、〝試合中、登録した選手へのあらゆるダメージが、即死一歩寸前で止まる〟……そんな加護結界が張られているわ。まぁ、それでも、死人や再起不能者が出る時は出るのが、魔術祭典なんだけど」

「………」

「でも、あくまで稀よ。回復タイムがちゃんと設けられる以上、よほど回復回数を重ねて、治癒限界にでも到達しない限り、次のセットでは復活するわ。メイン・ウィザードの一発脱落狙いで、戦力を割き過ぎると、他の連中にポイントを取られて詰む。度が過ぎたメイン・ウィザード潰しは、この試合においては悪手であることは間違いないわ」

「ま、いずれにせよ、俺達は白猫のやつを信じるしかねぇってこった」

「ん。システィーナなら大丈夫」

グレンの言葉に、リィエルもこくこく頷く。

すると——

「おうよ！　システィーナなら、敵がどんなことやってきても絶対、ちょちょいのちょいで勝ってくれるって！」

「まぁ、システィーナは、このわたくしも認める、永遠のライバルですから、その程度は当然ですわ！」

「うーん、前から思ってたけど、ウェンディのそれは、多分、一方通行かと……」

「お黙り、テレサ！」

「でもまぁ……なんか、システィーナならやってくれる気がするよ」

「う、うん……でも、皆……怪我だけはしないで……欲しいな……」

ちゃっかり、後ろの選手関係者席に陣取っているカッシュ、ウェンディ、テレサ、セシル、リン達が、口々にそう囃し立てていた。

「ったく……今、俺達の近辺は、きな臭えってのに気楽なやつらだぜ……」

「まぁまぁ、先生。先生の生徒さん達は、ちゃんと私とリィエルで守ります。これも、私達の任務と言えば、任務ですから。ね？　リィエル」

「ん。問題ない」

そんなエルザやリィエルに。

呆れ顔で生徒達を流し見つつ、グレンは再び眼下の樹海フィールドへと目を落とす。

そこでは、西側の陣を選んだシスティーナが、仲間達にテキパキと指示を出していた。

試合開始前の最終ブリーフィングといったところなのだろう。

（……そうだな……俺達は……俺は、あいつを信じるしかねえんだよな……）

そんなことを考えながら。

グレンは、教え子にて愛弟子の姿を、じっと見守り続けるのであった。


——その頃。

深い森に周囲を囲まれ、西側の防衛ラインを示す青い光の線が引かれた付近にて。

「第一セット前半……まず、我々西側陣営が防衛側です。さて、どうしますか？」

そんなリゼの言葉に、システィーナが少し沈思する。

「まずは、日輪の国側の手の内を探りたいってところもあるのよね……今までの試合で全てを見せたなんてことはないだろうし。……レヴィン、結界はどう？　張れる？」

「ええ、ラインを守る断絶結界……張って、張れないこともありません」

システィーナの問いに、レヴィンがスカし顔で応じる。

「ですが、全体的に今回のフィールドは、非常に魔力が分散しやすい仕掛けになっているようです。張ったとしても、少々の足止めが精々。余程、相手が無能で無い限り、簡単に壊されて突破されるでしょうね。結界に防衛ラインを任せるのは悪手かと」

「うーん、なるほど……となると全員が威力偵察ってのは、やっぱ無謀ね」

システィーナは頭の中に、フィールドの地形を思い浮かべる。

「この戦場は地形と広さから、大きく中央、右翼、左翼の三フィールドに分けられそうね……なら、それぞれの戦域を、三人一組一戦術単位で担当しましょう。そして、最終ラインの防衛兼全体司令塔として、遊撃手を一人、最後尾に置くわ」

「……妥当ね。難しいフォーメーションだけど、今の私達ならできるわ。合宿で散々訓練したしね」

システィーナの判断に、リゼが満足そうに頷く。

「各戦域を担当するチームリーダーを決めるわ。中央レヴィン、右翼リゼ先輩、左翼――ギイブル」

「まぁ、妥当な判断かと」

「……拝命しましたわ」

「！」

得意げに髪をかき上げるレヴィンに、神妙に頷くリゼ。

そして、ギイブルが自分が選ばれた驚きに、微かに目を見開く。

「魔術師としての実力、状況判断能力、思考の柔軟性……そういったものを総合的に見て判断したわ。……できる？　ギイブル」

「……ふん、当然だろう？」

そんなシスティーナの言葉に、ギイブルは鼻を鳴らしてそっぽを向くのであった。

「後は、得意分野やバランスを考えて……マリアとハインケルはレヴィンのチーム」

「は、はいっ！　お任せを！」

「承った」

「コレットとフランシーヌは、リゼ先輩のチーム」

「おおおっ！　アタシら、リゼ姐さんのチームか⁉　任せとけ！」

「おーっほっほっほ！　これはわたくし達が最強チームではないですの⁉」

「貴女達は実力あるけど、頭がちょっとガッカリだから、本当にリゼ先輩の指示をよく聞いてね⁉　それから、ジニーとジャイル君はギイブルのチームよ」

「……はー、了解です～」

「おう」

こうして、チームを振り分け、最後に一呼吸置いてシスティーナが宣言した。

「そして、最終ラインの防衛と、全域索敵を行う司令塔は、私が務めるわ。私が索敵結界で戦場を把握し、通信魔術で各チームリーダーへ指示を飛ばす。……いいかしら？」

そんなシスティーナの言葉に、誰もが無言で頷く。

誰もが確信しているのだ……この布陣が一番強いであろうことを。

「……うん、行くわよ。皆、絶対、勝とう！」

一方、その頃。

東側でも、同じように日輪の国　天帝陰陽寮の選手達がブリーフィングを行っていた。

「……で？　どないするんや？　サクヤはん」

「チームを三つに分け、三つの戦域に分かれて進軍します」

「だが、きっと、向こうも似たような布陣を敷いてくるで？　わいらと向こうらの総合力で、そない差があると思えへん。普通に攻めても時間切れになるわ」

「ええ、ですから……頃合いを見て、私が仕掛けますわ」

シグレの懸念に、サクヤがふっと微笑んで応じた。

「ええ、まずはきっちりと1ポイント押さえて、流れをこちらに引き込みましょう」

「サクヤはんが出るんか？　わいは、あまりお勧めせえへんが……」

そう思っているのはシグレだけではなさそうだ。

周囲の選手達全員が、少し不安げな表情をしている。

皆、サクヤの心臓の病気のことを知っており、あまり無茶はさせたくないのだ。

「大丈夫ですよ、皆さん。魔術祭典が始まってからこっち、私、なんだかずっと、身体の調子がいいんです。絶対、勝ってみせます。どうか皆さんも力を貸してください」

「ま、サクヤはんがそう言うならいいやろ」

まぁ、いざとなったら、わいがあの術を使うたる……サクヤはんすら知らん、秘伝の術をな……と、シグレは心の中で付け加える。

「……そろそろ試合開始時間です。行きますよ、皆さん！」


こうして。

両チーム共に、中央の白い魔力線を挟んで、布陣して。

やがて、観客の大歓声に包まれる中、試合開始の合図となる照明弾が、セリカ＝エリエーテ大競技場の上空へと上がるのであった——

試合開始と同時に、東西の両チーム共に一斉に動き出す。

帝国側は、積極的に前に出て敵選手撃破を狙う、攻勢防御の構えだ。

レヴィンを中心とした中央隊、リゼを中心とした右翼隊、ギイブルを中心とした左翼隊が、平行線に並んで東側陣営へと一斉にプレッシャーをかけていく。

『レヴィン！　少し早いわ！　もう少し両翼と足並みを揃えて！　ギャップが出来るとその隙間を抜かれるわ！』

そして、その三チームへ、後方で一人残ったシスティーナが通信魔術で、細かく指示を出す。

「まぁ、そんなヘマはしませんが……従っておきましょうか」

そんな感じで、西側陣営はローペースで進軍を開始した東側陣営へ圧をかける。

「今、攻撃権は東側にあるけど、戦線はなるべく自陣の防衛ラインから遠く……敵陣で戦うに越したことはないわ！」

前線が東側へ押し上がるにつれて、最後尾のシスティーナも徐々に前へと出て行く。

システィーナは索敵結界を常に張り、脳内の片隅に、このフィールドの全域と選手の居場所の映像を展開、常に把握。油断なく戦況を見据える。

そうして、システィーナが見守っているうちに……中央のレヴィン隊と、東側の一隊がついに激突するのであった——

「ふっ……その程度ですか？　日輪の」

悠然と構えるレヴィンへ——

「くっ⁉　《水霊爆紗》ッ！」

《雷火清浄》ッ！」

「——《急急如律令》ッ！」

日輪の国の三人の魔術師——陰陽師達が、次々と呪文を唱えていく。

その手から、水柱の激流が放たれ、それを伝うように紫電の稲妻が走る。

水と稲妻を組み合わせた、広域連係攻撃だ。

これだけの面制圧攻撃となると、水だけに通常の対抗呪文では防御が難しい。

ダメージは必須——そう思われたが。

「なるほど、今度は我々で言う同調詠唱の発展系……弾込め役と引き金を引く役を分け、呪文の即興複合を同調詠唱で高速成立させる……実に見事。ですが——」

レヴィンがぼそりと何かを唱えて、迫り来る雷火を伴った激流を、指で割る。

ばしゃあんんッ！

激流は何の破壊力も発揮せず、真っ二つに割れて流れて行く——

「な、何……ッ!?　我々の術が……ッ!?」

「僭越ながら、術式を〝分解〟させてもらいました」

優雅に慇懃に一礼してみせるレヴィン。

「発動速度重視で、そんなに雑に術を重ねられては、サンドイッチをバラすよりも容易いことですよ。そして──」

「今ですッ！　《雷精の紫電よ》──《行け》！　《もういっちょお》ッ！」

後ろから飛び出したマリアが、黒魔【ショック・ボルト】を三連唱して──

「《紅蓮の獅子よ・憤怒のままに・吼え狂え》！」

ハインケルが淡々と、黒魔【ブレイズ・バースト】を放つ。

マリアの牽制に足止めされた陰陽師達に、ハインケルの高威力な黒魔【ブレイズ・バースト】に対抗する術はなかった。

「く──ッ!?」

泡を食って、その効果範囲から跳び下がるしかない。

──炸裂音。

中央の森に凄まじい爆発と火柱が上がった。

「くっ……先頭のあのレヴィンとかいう男……なんてやつなの……ッ!?」

「これが音に聞く魔導大国、アルザーノ帝国の魔術師か……ッ!?」

「さっきから我々の術式が、片端から難なく見切られ、いなされているぞ!?」

攻めあぐねている陰陽師達が、燃え上がる森林の中に堂々と佇むレヴィンを、驚愕の目で見据えている。

「ふ――」

そして、レヴィンがどや顔で腕を振るえば、周囲で燃え盛る炎がぴたりと収まる。その何気ない小技も、目の当たりにしていた陰陽師達をさらに戦慄させるのであった。

「レヴィン先輩って、実は何気に凄いんですねっ!」

そんなレヴィンに、マリアがきゃぴきゃぴと話しかける。

「今までシスティーナ先輩の陰に隠れて目立ってませんでしたけど！　改めて、今から尊敬しますッ！」

「ぐ……なかなか言うね、君……」

悪意なく口さがないマリアに、頬を引きつらせるレヴィン。

「……どうする？　レヴィン」

そして、寡黙なハインケルが指示を求めて、ぼそりと問う。

「ふむ、この戦況なら……深入りは禁物。しばらくは、この付近に陣取りましょう。あまり突出しても左右から挟撃されますからね」

前線指揮官としても優秀。

レヴィンに率いられた中央隊は、抜群の安定感を発揮するのであった――

一方、右翼では――

「《太乙神数・奇門遁甲・六壬神課》ッ！　はぁあああああああーーッ！」

「――ふぅッ！」

刀で鋭く斬りかかってくる陰陽師の少女を、リゼが細剣で迎え撃っている。

リゼがその身に纏うのは、黒魔【ラピッド・ストリーム】の撃風、その風のアシストによって、リゼは風の様に素早く動き、陰陽師の少女の連続攻撃を受け流していく。

刹那に閃く剣閃の交差、断続的に鳴り響く金属音。

ふと、リゼが誘うように跳び下がって――

その隙を追撃しようと、陰陽師の少女が刀を振りかざし間合いを詰めようとするが――

「――ッ⁉」

何かに気付いたように、少女は足を止める。

その瞬間。

がっしゃあああああんッ！

少女の鼻先に、無数の氷柱が突然、突き立つのであった。

間一髪、足を止めなかったら、大ダメージを受けていたところだ。

黒魔【フリーズ・フロア】。

「あらあら……これも、〝視〟られてしまいましたか」

ひゅぱっ！ と。細剣を払うリゼ。その刀身には、冷気が渦を巻いている。

「厄介ですね……その、【式占】とやらで一手先の行動を読まれるというのは」

見れば、陰陽師の少女の頭上には、八角形の奇妙な木版がくるくると回転していた。

「くっ、貴女こそなんなんですか……接近戦で魔術を差し込むのが上手すぎる……いつ呪文を唱えてるのよ……ッ!? そんな戦い方あり!?」

にこっと微笑むリゼ。

その瞬間を狙って——

「爆砕符——ッ！」

「式符！ 出でよ——我が下僕ッ！」

後方の陰陽師達が次々と、符を投げ放つ。

それは東方の魔術特有の呪力を秘めた符であり、投げつけるだけで即座に、それに込められた力を解放するという恐るべき魔道具だ。

だが──

「させませんの──ッ！」

フランシーヌの白い天使が矢のような速度で空を飛翔して剣を振るい、爆砕符を真っ二つに切り裂いて──

「ぉおおおおおおおおおおおおーーッ！」

コレットが魔闘術によって爆炎を漲らせた手が、式符から顕現しかけた犬型の式神を鷲掴みにし、そのまま即座に燃やし尽くした。

「リゼ姐様！　こちらはわたくし達にお任せですの！」

「ああ！　思いっきりやっちゃってくれよ！」

「ありがとうございます、お二方」

軽くお礼を言って、リゼが再び細剣を、眼前の少女に向かって構える。

「……と、いうわけで後輩達の手前、ここは通しませんわ」

「くう……貴女なんかに手間取っている場合じゃないのに……ッ！」

リゼと対峙する少女の役割は、素早く、一人でも多く戦闘不能に追い込んで、味方を数で有利に立たせること──そのための近接戦闘殺しの占術【式占】。相手の一手先を読めるこの術は、近接戦闘においては絶大な力を発揮する。

だが、押し切れない。このリゼという魔術師を押し切れない。

占いで相手の動きを読んでいても、このリゼは、とにかく戦いが上手なのだ。少女にとっての必殺の間合いを微妙に、巧みに外してくる。一手先を占術で読んでも……だ。

自分が、近接戦闘という自分の距離で、ここまで手こずるのは初めてだ。

少女はリゼの前で、悔しげに歯嚙みするしかないのであった。


さらに、右翼では——

「ォオオオオオオオオオオオオオオオオオオオオオオン——ッ！」

山のように巨大な怪物が、その咆吼で大地を震わせている。

その姿形は、人に似て、人とは違う何かだ。

三メトラ長の上背に、丸太のような手足、黒光りする鋼のような体軀。

なによりも特徴的なのは、その恐ろしき形相と頭に生えた角——

鬼と呼ばれる、東方の怪物であった。

そんな鬼が、めきぃとその豪腕に力を漲らせ、巨大な鉄の金棒を振り上げ……眼下にいる矮小なる人間へと、容赦なく振り下ろす。

だが、並の人間ならば、ぺしゃんこのぐしゃぐしゃになりかねないその一撃を――

がぁああああああんッ！

その人物は、両腕に掲げた大剣で受け止めていた。

「……おら、そんなもんか……もっと来いや……ッ⁉」

――ジャイルだ。

鉄の金棒を受けた衝撃は、当然、大剣を伝い、ジャイルを打ちのめしている。

その身を襲ったダメージは、相当なもののはずだ。

だが、ジャイルはなんでもないように二の足で立ち……頭上の鬼を、まさに鬼の形相で睨み返している。

「グォオオオオオオオオオオオオオオオオオオオオオオオオオオーーッ！」

鬼はちっぽけな人間一人潰せなかったのが気にくわなかったのか、さらに金棒を振り上げ、力任せに何度も何度も、ジャイルへと金棒を叩き付ける。

だが――

「おぁあああああああああああああーーッ！」

ジャイルも咆吼を上げ、鬼の一撃を受け止め、押し返し続ける。

その形相は正しく鬼神で、これではどちらが鬼かわかったものではない。

「な、何者なんだ、あの男……我が鬼の式神と互角に打ち合うとは……本当に人間なのか……？」

「ええい、呆けている場合ではないぞ！　さらに鬼式を呼べッ！　数で圧殺するのだ！」

と、その時だ。

「——あー、させませんよ」

響き渡る、どこかすっとぼけた少女の声。

陰陽師の一人が取り出しかけた式符に、手裏剣が刺さった。

「な——」

見れば、頭上の木の上に、ジニーがいる。

「さすがに、アレ以上アレ喚ばれたら、面倒いんで……」

と、ジニーが欠伸をした、その瞬間。

ジニーの周囲に、いつの間にか、大量の符が舞っている。

まるで紙吹雪のような符達は、凄まじい速度で互いに組み合わさり、その質感を変えて鉄の鎖を形成し——あっという間にジニーを縛り付けた。

「——ッ⁉」

「馬鹿め！　かかったな！　罠を仕掛けておいたのだ——」

だが、陰陽師がどや顔で勝ち誇ろうとした瞬間。

「どろん」

鎖に縛られたジニーの姿が煙に包まれ、丸太となってしまった。

「な、にぃーーッ!?」

「あー、代わり身の術ってやつっす。……魔術と組み合わせたオリジナルですけどー」

ひょい、と。

ジニーが、まったく別の樹の陰から顔を見せる。

「ぬぅううう!?　貴様、まさか、忍者!?」

「忍者がなぜ、帝国側に!?」

「まぁ、……経緯はどうでもいいでしょ……それよりも……」

すーっと。二人の前で、ジニーの姿が周囲の風景に同化して、溶け消えていく。

これも、黒魔【セルフ・イリュージョン】を、忍術風に応用したものだろう。

「……面倒臭いんで、お互い、テキトーにやりましょ……」

「く……ッ!?　どこへ行った!?」

「こ、これでは、鬼を喚ぶ儀式どころではないぞ!?」

完全に消えてしまったジニーを目の当たりにし、陰陽師達は背中合わせに周囲を警戒するしかなく……

と、その時。

そんな戦況を、後方で観察していたギイブルが、不意に動いた。

「……ジャイル、終わったよ。そのまま下がってくれ」

「！」

その瞬間、ジャイルが下がる。

次の瞬間、鬼が金棒をジャイルが居た地面へと叩き付けて――

ドガッ！　ゴオオオオン！

すると、叩き付けられた大地が割れ砕け、ガラガラと音を立てて崩落する。

その崩落に巻き込まれた鬼が、腹部辺りまで埋まってしまう。

「ふん」

ギイブルの錬金【墓掘人】――地質を即興で変質させて作る、落とし穴の術だ。

落とし穴に嵌った鬼の高さは、ジャイルにとって、ちょうど良い目線の高さになっており……

「お？」

そして気付けば、ジャイルの大剣には、ギイブルがすでに、黒魔【ウェポン・エンチャント】によって、攻撃的な魔力を付与してあった。

「へっ、いいお膳立てじゃねーか、眼鏡……うぉおおおおおおおおおおーーッ！」

そして、ジャイルがにやりと笑って、その壮絶な膂力で大剣をすかさず横一閃。

鬼の首を、あっさりと吹き飛ばすのであった——


——そんな帝国側の奮戦を。

「ぉおおおおおおおおおーーッ！　皆、すげぇえええええええーーッ！」

観客席のカッシュ達は、大興奮で見守っていた。

「互角、いえ、むしろ押してますわ！」

「そうだね！　このまま行けば……ッ！」

現在、帝国チームは防衛側。

それゆえに、ポイントを狙うことはできないが、積極的に前線を押し上げ、日輪の国チームへプレッシャーを与えている。防衛側とは思えない積極的な立ち回りだ。

対する、日輪の国チームは、この帝国チームの攻勢に、完全に攻めあぐねている。

さすがに戦闘不能者は、まだ誰も出ていないが……日輪の国チームにとって、よくない流れであることは間違いなかった。

「……良い形ね」

腕組みして眼下の戦況を見下ろすイヴが、淡々とそう評価する。

「帝国陣営は、思い切りの良い攻勢防衛が出来ているわ。普通は防衛ラインを抜かれてはならないとなると、後方で縮こまりがちになるんだけど……」

「白猫のお陰だ」

イヴの評論に、グレンがそう結論する。

「別に、弟子贔屓でもなんでもねえ。もし抜かれても、後ろに白猫がいる……そんな安心感が、連中に思い切りの良い立ち回りをさせている」

「そうね。システィーナが前線で戦う三チームに送る指示も的確だし……どうやら、彼女は名実共に、帝国のメイン・ウィザードに成長したようね」

イヴがちらりと、西側陣営の後方を見やる。

そこでは、システィーナが地面に展開した魔術法陣の中心で手を掲げ、静かに目を閉じて何事かをぶつぶつと呟いている様子が見て取れた。

「ま、このまま行けば、俺達アルザーノ帝国の勝ち……と言いたいんだが」

「甘いわね。世界の舞台に上がってくる連中が、これで引き下がるわけないわ」

イヴが今度は、ちらりと東側陣営の方を見やる。

確かに、帝国側に押される日輪の国は戦線を押し下げられているが……未だ、そのメンバーの動きは統率がとれており、これだけ押されても崩れる気配を見せない。

「仕掛けてくるなら……そろそろだわ」

「……アカン。お敵さん、皆、ごっつぅ強ぇわ……」

東側の防衛ラインを示す赤い魔力線の付近にて。

遠見の術でサクヤの索敵補佐をしていたシグレが、頭を抱えてしかめ面をしていた。

「ホント、何度見ても何やねん、アレ……得意技も戦闘スタイルもバラバラな連中、よう上手くまとめなはるな、システィーナはん……」

すると、しゃりんと鈴の音を響かせながら、サクヤが一歩前に出た。

「どないするんや？　サクヤはん」

「……やっぱり、私が出ますわ」

サクヤが扇を優雅に広げると、その上に、紙人形の式が幾つも出現する。

「いきなり、それやるんか。しかし、その術は心臓にごっつ負担が……」

「大丈夫。まずは、確実に1ポイントを取って、こちらに流れを作るために使うだけですから……」

安心させるようにシグレへ微笑んで。

サクヤは片手で印を幾つも結びながら、呪文を唱え始め……己が魔力を徐々に高めていくのであった——

「《臨・兵・闘・者・皆・陣・列・在・前・天・元・行・躰・神・変・神・通・力》！」

すると、サクヤの周囲を回転する紙人形達が——変化を始める。

紙人形から出現したのは——


——その異変に、システィーナが目を見開いた。

「……何事ッ⁉」

突然、戦場に登場した、十八の新しい反応。

なんと、全員、メイン・ウィザードのサクヤ＝コノハだ。

その姿形も魔力も存在感もまったく本物同然のサクヤが、突然、戦場のあちこちに十八登場し、右翼、左翼、中央に分かれて進軍してくる——

「な、なんて術なの……ッ⁉」

システィーナは、索敵結界の反応からこの現象の正体を、『本体とまったく同じ実力を持つ、実体を伴った分身体を生み出し、使い魔として操作する』術だと看破。

それを証明するように、さっそく通信魔術を通して、帝国のメンバー達の動揺と困惑がシスティーナに伝わってくる。

「落ち着きなさいッ！　前線を下げつつ後退ッッッ！」

だが、そんな動揺をシスティーナが一喝する。

「物量差があっても、今の貴方達が防御に専念すれば、そう簡単に落とされやしないわ！」

『しかし――』

「こんなバカげた大魔術、そう何度も出来るものじゃない！　魔力消費は膨大なはず……今は耐えるの！　牽制と防御に専念、落とされないことを最優先！　その上で、分身体だけは抜かせても構わないッ！」

『――ッ!?』

「使い魔にラインを割られても得点にならない！　分身体なら抜かせなさい！　その分身体のどれかに本物のサクヤさんがいるでしょうけど、それは私がなんとかするわ！」

そんなシスティーナの頼もしい指示に。

たちまち混乱から立ち直り、帝国各チームは、そのチームリーダーを中心に、下がりながら粘り強く、新手の軍勢に対抗していく。

敵味方の魔術と魔術が炸裂し、大森林のあちこちで爆光が上がっていく。

だが、完全に頭数に差があるため、当然の帰結として、サクヤの分身体が次々と帝国陣営が形成する前線ラインを抜けて、西側防衛ラインへと迫って来る。

『……すまない、分身体に二体、抜かれたよ』

『こっちは三体ですわ』

『……二体。後は任せたぞ、システィーナ』

「ええ」

システィーナが、脳内に映像で展開する戦況図を凝視する。

確かに中央から二体、右翼から三体、左翼から二体のサクヤが、システィーナが後方で守る最終防衛ラインを目指して、真っ直ぐ、もの凄い速度で駆け抜けてくる。

音に聞く、東方の【縮地】と呼ばれる、特殊な魔術的歩法なのだろう。

その姿の影が、木々の間にちらっちらっとしか見えないその歩法。まるで途中の空間をすっ飛ばしているかのような機動であった。

「さて、この中に確実に居るわね……〝本物〟のサクヤさんが……」

七体のサクヤが、まったく同じ高レベルの【縮地】で防衛ラインに迫って来る。

そして、七体のサクヤは、フィールドの全域に万遍なく展開している。

見た目に本物の見分けなど付かず、全てを対処している暇は無い——事実上の一対七。

この状況に、日輪の国陣営の誰もが、1ポイント取ったと確信し――

アルザーノ帝国陣営の誰もが、流石に無理か？　と、焦りに歯噛みする。

――だが。

「問題ないわ――疾風脚ッッッ！」

どんっ！

システィーナが、黒魔【ラピッド・ストリーム】を連続起動し、撃風を纏って、森の木々の隙間をカッ飛んでいく。

その突進に、迷いなど欠片一つない――

システィーナが目指していった相手は――右翼側の先頭を駆けるサクヤだった。

「な、なんやて⁉」

後方で、その様子を観察していたシグレが、素っ頓狂な声を上げた。

「嘘やろ⁉　なぜわかったんや⁉　サクヤはんの術は完璧や！　姿形も、魔力の波長も技量も、全て完璧に複製してはるんや！　わかるわけないんやッ！　なのに一体、どやって分身と本体を見分けた⁉　一体、どんな魔術を使うたんや⁉」

「〝お前達は目に見えない物に対しては神経質になるくせに、目に見える物に対しては疎かになる〟──私の師匠の言葉よ！」

「────ッ⁉」

木々を挟んで五十メトラまでの距離までサクヤに迫り、システィーナが不敵に叫ぶ。

「リゼ先輩の反撃から、貴女を他の分身体が庇っていたわ！　フェイクにしたいなら、もっと、わざとらしくやるべきだったわね！」

「く──不覚です！」

現在、帝国の防衛ラインに向かって、真っ直ぐ駆けるサクヤを、横からシスティーナが追いかけるような形だ。

「ですが──私の方が早いです！　もらいました！」

なにしろ、システィーナと自分の間には、多くの林立する木々がある。

それらを避けて駆ければ、それは相当なタイムラグだ。

本体を看破されたのは意外も意外だが、それでも私の方が早い──ラインを割れる。

サクヤがそう確信した、その時だった。

「《唸れ暴風の戦槌》──《打て》！　《叩け》ッ！」

システィーナが放つ、黒魔【ブラスト・ブロウ】。

猛烈な威力を誇る風の戦槌が、その途中にある木々をなぎ倒しながら、サクヤ本体へ向かって、突き進む。

最初の二発をフェイントにし、三発目で仕留める三連唱――巧みな〝ずらし撃ち〟だ。

呪文の照準は間違いなく、完璧にサクヤを捉えている。

避けようがない。サクヤに命中する。

そう思われたが――

「甘いですよ、システィーナさん」

不意に、サクヤが歩法を変えた。

その消え霞むような速度は落とすことなく――

「禹歩法――前挙左、右過左、左就右、次挙右、左過右、右就左、次挙左、右過左、左就右、如此三歩、当満二丈一尺、後有九跡――ッ！」

速く鋭く、優雅にしなやかに、幻惑するように。

サクヤが九歩のステップを舞い踊るように踏む。

すると、信じがたいことが起きた。

システィーナが放った、必中するはずの呪文が……自らサクヤを避けたのだ。

まるで放たれた呪文それ自体が意思をもって、サクヤを避けるようにその軌道を変化させ、逸れたのである。

「厄除けの歩法【禹歩】です。……残念でしたね」

防衛ラインまで後、僅か。サクヤの【縮地】ならば、後一歩。

サクヤが最後の加速をしようとしたところで——

轟ッッ！

サクヤの眼前に激しく渦を巻いて現れる暴嵐。

その中心に現れたのは——

「へぇ……呪文じゃなく、足捌きでかける魔術なんてあったのね……世界は広いわ」

「し、システィーナさんッ⁉」

驚愕に目を見開くサクヤ。

なんと、風を纏ったシスティーナが、間に合うはずがなかったシスティーナが、サクヤの前に立ちはだかったのだ。

「なぜ……？　いくら貴女が素早くても、あの距離から間に合うはずが……」

その瞬間、サクヤは悟る。

先程の、システィーナが放った黒魔【ブラスト・ブロウ】——あれは、自分に対する牽制攻撃であると同時に、己が駆け抜ける〝道〟を作るためのものだったのだと。

此方まで、一直線になぎ倒された木々をちらりと横目で見ながら、サクヤは感嘆するしかない。

「ですが——今の私に一人で立ち向かうのは悪手ですッッ！」

ごわっ！

システィーナの周囲に、複数の気配が迫る。

ほんの微かに遅れて、他六体の分身がシスティーナの周囲に迫ってきたのだ。

システィーナは、四方を完全に包囲されてしまっていた。

「《焰克陽滅・急急如律令》ッ！」

「《石破蒐斬・急急如律令》ッ！」

「——五連爆砕符ッ！」

「《開禍顕神・大紅蓮摩天・悪業罰示・——伊座伊座》ッ！」

システィーナを包囲するサクヤ達が、一斉に術を行使し始める。

たちまち煌々と燃える炎が渦を巻き、無数の紐付き石鏢が鋭く空を舞う。

放たれた符が飛び、虚空に描かれた五芒の霊印から、強大な霊的存在が恐るべき冷気を纏って現れようとする——

——だが。

「それはミス��、サクヤさん」

ごうッ！

それよりも一瞬早く、システィーナを中心に、激しい嵐が発生した。

自分と、サクヤ達を、その局地的嵐が完全に呑み込んだのだ。

「な――ッ!?」

「魔術師の戦いは、必ずしも数の差が優位に繋がるとは限らないわ！」

次の瞬間、渦巻く猛烈な嵐が真空を生み出し、それが刃となって、システィーナを取り囲むサクヤの分身達へ斬りかかる。

システィーナの広域全体面制圧攻撃。

嵐の中にすでに呑まれているサクヤ達に、これをかわす術などない。

斬ッ！

サクヤ達が風の刃によって、為す術なく斬り伏せられ――

呪術的防御を強固に構えているサクヤ達には、決して深いダメージではなかったが――

ぽんっ！　煙と共に、サクヤの分身体は、元の紙人形へと戻っていくのであった。

「ふぅ……」

分身体を殲滅したことを確認したシスティーナが、術を解く。

渦巻く嵐の余波が、システィーナの髪やローブをばさばさと棚引かせた。

「分身体は脆く、一撃でもダメージを入れれば消滅する……案の定ね！　術式容量には限りがある……そうでもなきゃ、辻褄が合わないものね」

「今のは……黒魔改弐【ストーム・グラスパー】……」

システィーナが、対アディル戦でも見せた、システィーナの切り札。

自身を中心とする一定領域内の風の完全支配。ありとあらゆる風を自在に操る術。

「その術は……咄嗟に起動できるタイプの術ではありません……読んでたんですね……貴女に追いつかれた私が、分身体で貴女を包囲するだろうという次の一手を……」

そんなサクヤへ、システィーナは、にっと微笑んだ。

（この人……凄い！）

その時、サクヤは身震いと共に感動していた。

（突然、発生した戦力差にも動じない胆力、私の本体を瞬時に看破する観察力、決して単発で終わらない、厚みある攻め、私の術式の弱点を推察する洞察力、そして、一手先を見越す立ち回り！　同世代では、間違いなく最強クラスの魔術師です！）

そして、サクヤもくすりと笑い返す。

その笑みを隠すように扇を広げ、次なる術を行使しようとする。

「──ッ！」

システィーナもまた、サクヤに左手を向けて身構え、次なる呪文を構える。

再び、システィーナとサクヤの魔術が正面から激突する──そんな気配に、周囲の空気が緊張に張り詰める。

だが、その時、二人の頭上に、照明弾が上がる。

その音と光が、二人の間の緊張を解く。

時間切れだ。

今、第一セット前半、日輪の国の攻撃が終わったのだ。

序盤から緊迫した展開の連続に、観客達の大歓声が上がっていた。

歓声を遠く聞き流しながら、システィーナは額の汗を拭って息を吐いた。

「ふう……危ないところだったわ……」

「ふふ、まんまと守り切られてしまいましたね。今、かなり本気で、ポイントを取りに行ったんですけど。お見事です、システィーナさん」

サクヤが構えた扇を、パチッと納め、素直な賞讃をシスティーナに送った。

「貴女も凄いわ。たまたま、リゼ先輩のいるルートを通ったから、本体を看破できたものの……そうじゃなかったら、多分、取られていたわ」

システィーナも心から思ったことを、そう告げる。

「勝負は時の運、偶然もまた実力のうちです。……ですが、私の底を、この程度だとはどうか思わないでくださいね？　まだまた手の内はたくさんありますから」

「当然よ。……こっちも全力でいかせてもらうわ」

そんなことを言い合って。

自陣へと霞消えるように戻っていくサクヤの背中を、システィーナが見送るのであった。

「ぉおおおおおおおおおおおおおおおッ⁉　やったぁあああああああああああああーーッ！　守り切ったあああああああああああああああああああーーッ！」

「やったぁあああああーーッ！　システィ、凄い凄い凄いーーッ！」

大興奮で大騒ぎするカッシュ達やエレン。

「ふぅー……ったく、ヒヤヒヤさせやがる……」

「あはは、良かったですね、先生」

「ん」

大きく溜め息を吐くグレンに、ルミアやリィエルが応じて。

「さて……互いの手の内を探る前哨戦は、これで終了って感じかしらね」

イヴがいつものように冷めた様子を崩さず、髪をかき上げてフィールドを見下ろす。

中央フィールドの西側では、システィーナの健闘を、帝国選手団のメンバーが取り囲んで讃えている姿があった。

「これから、どうなるかしら？」


そして——その一方。

中央競技フィールドの東側の一角では。

「くっ……ありえへん……」

日輪の国のシグレが、悔しげに呻いていた。

「まさか、サクヤはんが【十八字格子式方】まで使うて、1ポイント取りきらへんとは……ホンマモンの化け物か、あの子」

「女の子にそんなこと、言ってはいけませんよ、シグレ」

苛立たしげに毒づくシグレを宥めるように、サクヤが言った。

「ただ、今回の一戦はシスティーナさんが一枚上手だった……それだけなのですから」

「し、しかしな……」

「それに……今の一戦で確信しました」

サクヤが、どこか不安げな自分のチームメンバーに向かって言った。

「アルザーノ帝国のメイン・ウィザード、システィーナ＝フィーベルは紛れもなく、強敵です。彼女に勝つならば、私は全身全霊をかけて戦わなければならないでしょう。病気だの、温存だの……そんな甘い考えや認識で勝てる相手ではありません」

「──ッ！」

「けど、ご安心を、皆様。私は必ずやシスティーナさんに勝ってみせます。それゆえに、どうか……この私により一層のご協力をお願いします！」

そんな風に頭を下げるサクヤに。

「と、当然じゃないっ！　私は貴女についていくって決めたんだからッ！」

「我等の力、いかようにもお使いくだされ！」

「ああ、俺達はアンタを勝たせるためなら、捨て駒にされたって構わないぜッ！」

たちまち、意気軒昂となったメンバー達が口々に頼もしいことを言う。

だが──そんな中。

「……自分、大丈夫なんか？　胸」

シグレはチームメイトに気付かれないように、ぼそりとサクヤに問う。

幼い頃は従者として、長じてからは主治医として、サクヤにもっとも近い場所にいたシグレだからこそ、見逃せないもの、気付くものがある。

サクヤの顔色が……ほんの少しだけ悪くなっていたことに。

「大丈夫ですよ、シグレ」

だが、サクヤは朗らかに笑った。

「今日は身体の調子が良いんです。まったく問題ありません。自分でもびっくり」

「そか……一応、仙薬で薬湯を煎じといたわ。……この回復タイムの間に飲んどき」

「ふふ、ありがとうございます」

シグレが差し出す湯飲みを受け取るサクヤ。

近くの丸太に行儀良く腰かけ、ちびちびと薬湯を飲むサクヤを横目に、シグレが物思う。

(サクヤはんとて、この世代では並ぶ者のおらん使い手や。病気のハンデ持ちとはいえ、格下をあしらう程度の魔力行使ならまったく問題あらへん……)

そして、シグレは東側の遠くを見据える。

(だが、案の定、システィーナはんは、サクヤはんと互角以上や。……勝つつもりなら、魂を擦り削るレベルの魔力行使が必要になる……それが、どんだけサクヤはんの病んだ身体に負担をかけることになるか……)

そして、しばらく沈思し、シグレは覚悟を決める。

（……やりたかなかったが……こりゃ、ついに、わいの出番が来たんかもな）

そんなことを思って、シグレは人知れず、心の中で冷笑するのであった――

――回復タイムが終了し、試合が再開される。

そこからの戦いは、互いに秘術と全力を尽くした、一進一退の攻防となるのであった。

第一セット後半、帝国側の攻撃。

帝国チームは、システィーナを中心に、前半同様積極的に敵全体にプレッシャーをかけていく。充分にプレッシャーをかけた所で、中央と左翼の間にギャップを作り、システィーナが疾風脚でそこを抜く。

その圧倒的速度の前に、誰も追いつけない。

だが、後もう一歩というところで、サクヤがその展開を読み切って、局地的に何重にも張っていた防御結界に阻まれ、システィーナはラインにぎりぎり届かず。無得点。

第二セット前半、日輪の国側の攻撃。

今までとはがらりと戦法を変え、今度は日輪の国が積極的に攻勢に出る。式神と呼ばれる東方独自の使い魔を、各メンバーが大量に召喚し、物量による攻勢だ。

レヴィンとハインケルの圧倒的火力がそれを良く防ぐものの、戦場は混沌化。

その混沌化した戦場の隙を縫うように、サクヤが空間転移の術で門を開き、帝国側の防衛ラインを一気に狙おうとする。

だが——そんなサクヤの足を、黒魔【ライトニング・ピアス】が射貫いた。

高台に陣取ったシスティーナの距離１０００級魔術狙撃だ。

狙撃観測手としてマリアの力を借りたとはいえ、無数の木々の隙間を、針の穴を通すように射貫くそのシスティーナの神業に、会場が沸きに沸き立つ。

このシスティーナのファインプレーで、日輪の国を無得点に抑える。

第二セット後半、帝国側の攻撃。

今度取った作戦は、コレット、フランシーヌ、ジャイル、リゼら突破力に優れた者達でシスティーナをガードし、電撃的な中央突破作戦だ。

速度と攻撃力重視のその作戦は効を奏し、日輪の国側の防御陣形をズタズタに引き裂いていく。

だが、サクヤは空間操作の符術式を密かに発動。システィーナ達が突貫する中央の空間を、ループさせてしまう。

いくら突撃しても、いつの間にか元の地点に戻されるシスティーナ達、しまったと気付いた時には時間切れ。システィーナは魔力を無駄に消費し、帝国は無得点に終わる。

そして――

第三セット前半、日輪の国の攻撃。無得点。

第三セット後半、帝国の攻撃。無得点。

第四セット前半、日輪の国の攻撃。無得点。

第四セット後半、帝国の攻撃。無得点。

第五セット――第六セット――試合を見守る観客達の誰もが手に汗を握る中、セット数だけが増えていく。

得点は、未だお互いに無得点。まったくの互角。

やはり、目立つのは両チームのメイン・ウィザード、システィーナとサクヤだ。

彼女達二人がこの試合の中心であり、彼女達二人を起点に全ての試合が回っている。

両者とも一歩も引かない攻防。魂を擦り削るかのような魔術戦。

徐々に消耗していく選手達。

そのうち、観客達の誰もが確信するようになる。

この勝負――先に、1ポイント取った方の勝ちだ、と。

そんな予感を、誰もが覚える中。

膠着状態の戦況に変化が生じたのは――第七セット前半、日輪の国の攻撃であった。

「ぜぇ……ぜぇ……やっぱり、ここで貴女が来ますか……システィーナさん……」

「……はぁー……はぁー……やっぱり、貴女が来るのね……サクヤさん……」

帝国側の防衛ライン付近に。

システィーナとサクヤが、十数メトラの距離を開けて対峙していた。

もうすでに互いにかなりの魔力を消耗し、その衣装はボロボロ。

されど、互いに戦意に満ちあふれ、意気軒昂。

互いを油断なく見据え、隙を窺い合っている。

「押し通れ！　サクヤさんを援護するんだッ！」

「抜かせるかぁああああーーッ！」

戦いの喧噪が、フィールドのあちこちから聞こえてくる。

日輪の国チームのメンバーが、我こそラインを割らんと、全力で攻勢に出ている。

だが、帝国チームも各地に展開し、日輪の国の攻勢を辛うじて抑えている。

「……そろそろ、1ポイント頂きます……」

サクヤが、符と勾玉で作られた奇妙な首飾りを取り出す。

「……させないわ」

対し、システィーナもあらゆる対抗呪文の構えを取る。

そして、サクヤが勾玉の首飾りを振り動かしながら、呪文を唱え始めた。

「《一二三四五六七八九十・布留部……》」

だが、そんな長い呪文を、目の前でぬけぬけと完成させるシスティーナではない。

「——そこ、終わりよ！」

予唱呪文の時間差起動——黒魔【ブラスト・ブロウ】。

サクヤの術を阻止せんと、サクヤより圧倒的に早く呪文を起動しようとする。

だが、それをさらに阻止しようと、サクヤが符を放とうとした——

——その時だった。


……どくん。


「かは——っ⁉」

突然、サクヤが符を取り落として、がくりと膝をつく。

呪文を中断し、左胸部を押さえて、蹲ってしまったのだ。

「……え？」

あまりにも唐突で予想外の出来事であったため、システィーナの呪文起動も止まる。

「はっ！　か、ぁ……くぅ……ッ⁉　ま、まさか……こんな時に……ッ⁉」

ひゅーっ、ひゅーっと、サクヤの過呼吸が痛々しく辺りに響き渡る。

サクヤは遠目から見てもわかるほど真っ青になり、がくがくと震えている。

その全身に漲っていた、輝かんばかりの魔力がまるで風前の灯火のように、弱々しくしぼんでいく。まるで死にかけの身体となっていく。

胸を押さえ、全身から滝のように冷や汗をかくサクヤのその様は、明らかに尋常ではなかった。

そんなサクヤの痛々しい姿に──

「なにこれ……？　ま、まさか……？」

──システィーナには、心に思い当たることがあったのだ。

試合前に、シグレ少年から聞かされた言葉──

〝実は、サクヤはん、心臓が悪いねん〟

〝魔術行使をすればするほど心臓に負担がかかり、寿命が削れてまう。もう、長くは生きられへんやろな……〟

（まさか、あれって本当のことなの⁉　サクヤさんは、私が全力で戦えるように、あえて嘘を言ったってこと……ッ!?)

今まで熱く燃えていた心が、冷水を浴びせられたように急速に冷め、動揺に震える。

——この状況でも、試合は止まってはいない。

いかなるアクシデントがあろうが、この魔術祭典において試合が止まることはない。

今、この瞬間も試合は続いている。

それゆえに——

(関係ないわッ！　私は——私達は、魔術師よッッッ！)

——システィーナは非情な判断を下す。

(こっちだって負けられないのッ！　私は——)

心を鬼にして、隙だらけのサクヤへ、呪文を撃とうとする。

だが、その時だった。

まるでシスティーナの心の中へ忍び込むように、自分自身の言葉が響いたのだ。

『……ねえ、いいの？』

「え？」

再び、止まるシスティーナの呪文起動。

『本当にいいの？　サクヤさんを倒す大義や覚悟が、本当に私にあるの？』

『生まれながらに、何一つ不自由のない環境でぬくぬく育ってきた私が、家族を守るために病気を押して、ずっと苦労してきたサクヤさんを……こんな風に倒していいの？　彼女の人生を台無しにしていいの？　それって本当に正しいことなの……？』

麻薬のように染み渡り、心を侵していくその自問。

「わ、私は……」

おかしい。何か変だ。

なぜ、自分はこんな時に、こんなことを自問自答しているのだろう？

だが、その違和感の正体を摑めず、システィーナが動揺と混乱を隠せずにいると。

「かふっ！　が、元柱固具、八隅八気、五陽五神、陽動二衝厳神、害気を攘払し、四柱神を鎮護し、五神開衢、悪鬼を逐い、奇動霊光四隅に衝徹し、元柱固具、安鎮を得んことを、慎みて我、五陽霊神に願い奉るッ！《布留部・由良由良止・布留部》ッッッ！」

裂帛の気迫と自己暗示、深呼吸で持ち直したサクヤが——気迫で呪文を唱えきる。

その瞬間。

システィーナの周囲に薄ら寒い霊気が猛烈に渦を巻き——

「なぁーーッ!?」

朽ちた鎧甲を纏う落ち武者らしき白骨死体が大量に出現し、システィーナに縋り付く。

その悍ましき白い枯れ木のような腕で、システィーナの手足を拘束する。

その生理的嫌悪感を必死に堪えながら、システィーナは拘束を振りほどこうとするが、骨の腕は恐るべき膂力を発揮し、一向に解ける気配がない。

なんらかの呪法によるものか、最早、魔力すら練ることができない。

「こ、これは……死霊術……ッ!?」

「【十種神宝・布瑠の言】と申します。死者の怨念が貴女から全ての行動を奪います」

そう言って、サクヤが立ち上がった。

「すみません。文化の違いゆえに、貴女にとっては悍ましい術に見えるかもしれませんが……彼ら外道に墜ちて路頭に迷い、魂の行き所のない死者の主となりて居場所を与える……それも我々陰陽師と呼ばれる東方魔術師達の大切な仕事なのですよ」

「……くっ!?」

「さて……この一合いは、私の勝ちですね」

亡者達に拘束され、どうすることもできないシスティーナの傍らを、サクヤが多少ふらつきながらも、すっと通り抜ける。

帝国の防衛ラインを……越える。

途端、頭上にポイントの獲得を告げる照明弾が何発も上がり……

ォオオオオオオオオオオオオオオオオオオオオオオオオオーーッ！

観客達から大歓声が上がるのであった。

そして、陣営にポイントが入ったことを確認したサクヤが、ぼそりと呪文を唱えて、システィーナへかけていた術を解く。

「……しまった⁉」

悔しげに歯嚙みするシスティーナ。

途端、システィーナを拘束していた亡者達は白い霧と化して霧散し……システィーナはその場にがくりと膝をつくのであった。

そんなシスティーナへ、サクヤは咎めるように言った。

「なぜ、私が躊ったあの時……攻撃の手を止めたのですか？　システィーナさん」

「え……なぜって……それは……」

口ごもるシスティーナ。

サクヤも、自身の病気の話が真実であることが、システィーナにバレたことは、もう悟ったのだろう。

だが、あえてそれに触れず、サクヤは言い放った。

「再度言いますが、私の事情は、貴女にはまったく関係ありません。そして、私は私の覚悟を持ってここに立っています。下手な手心や同情は、相手への侮辱ですよ？」

「わ、わかってる……わかってます……けど……」

「貴女は相手の身の上や事情によって、本気を出したり引っ込めたりするのですか？」

「——ッ!?」

打ち拉がれたように、はっとするシスティーナ。

「もし、そうだと仰るなら……残念ながら、貴女は魔術師をやめるべきです。その優しさで、貴女はいつか、きっと後悔することになりますから……」

心底システィーナのことを案ずるように、そんなことを言い残して……サクヤは自陣に戻っていくのであった。

システィーナは、そんなサクヤの背中を呆然と見送る。

そんなシスティーナの下へ……

「ぁあああああ、くそっ！　やられちまったなぁ!?」

「切り替えよ、システィーナ。今のは、サクヤさんが一枚上手だったと割り切りなさい」

コレットやリゼなど、仲間が続々と集まってきて、叱咤や激励の言葉をかける。

だが。

「わ、私は……」

なぜか、システィーナは呆けたように、それを聞き流すだけであった。

「……妙ね」

「ああ、妙だな」

背後で、カッシュ達応援組やエレンが頭を抱えて悔しがっている中。

イヴとグレンが、システィーナの様子を見下ろしながら、分析するように呟いていた。

「確かに、白猫はまだ精神的にはお子様で甘いところがある。だけど、あいつだって、それなりの物を背負って、この場に立ってる魔術師だ。自分が皆の期待を背負っているのもわかってる。今さら相手の事情で手心を加えるようなことをするやつじゃない」

「でも、迷った。手心を加えてしまった。結果、有り得ない一本を取られた」

イヴがそう結論する。

「ええと……どういうことなんでしょう……？」

「ん。わたし、よくわかんない」

ルミアが不安げに、リィエルが何か納得いかなそうに問い返す。

「……この展開は……誰かの意図したものによるものだと？」

相棒とは裏腹に、察しの良いエルザの問いに、グレンが確信をもって応じた。

「ああ、そうさ。あり得ない事をあり得ることへとねじ曲げる……そんなもん、俺達が慣れに親しんだ〝魔術〟の仕業に決まってるぜ」

そして、グレンはちらりと、フィールドや会場を見回す。

「恐らく……どこかで、誰かが、何かを仕掛けているぜ？　白猫のやつによ……」


(──と、多分、あの先生はんは、思ってらっしゃるんやろな、あの顔)

その時、そんな観客席のグレンの姿を遠く流し見ながら、シグレはほくそ笑んだ。

(すっとぼけてそーで、聡い御方や……おー、怖い、怖い……)

日輪の国のメイン・ウィザード、サクヤの従者にて若き主治医シグレ。

チームのお荷物である彼には、実はもう一つの顔があった。日輪の国ですら最早、廃れて等しい魔術──呪言。それを操る呪言師としての一面が。

呪言とは、とある絶大なリスクを負うことと引き替えに、ただの言葉によって相手の行動を強制的に制限する、恐るべき呪いの術だ。

(わいの本性が呪言師……これはサクヤはんも皆も知らん、わいだけの秘密や……魔術師の切り札ってのは、隠すもんでっしゃろ？）

ぺろっと舌を出すシグレ。その舌には普段は秘匿されている呪言術式が浮かび上がっており、魔術が駆動していた。

（でもな、〝動くな〟と言えば、相手は動けず、〝死ね〟と言えば、相手が死ぬ……そんな伝説級の呪言師はもう居らん……わいが使えるのは、オママゴト程度の呪言や）

舌を引っ込め、ちらりとシスティーナのいるだろう西側を見やる。

（わいの呪言は、相手の行動制限なぞ上等なもんできへん。〝相手の心の声を借りて、とにかく麻薬のように強く、わいの言葉を心に響かせる〟……違和感なくな。それだけや。西側でいう白魔術の精神支配攻撃とも言えへんこともないが、まぁ、要は相手の心の隙を抉って動揺させる……たったそれだけの、リスクだけはデッカいクソ雑魚術式やな。有効射程だけはごっつ凄いけど……心の頑丈なやつには欠片も効かへん）

だが、シグレは密かにほくそ笑んだ。

（けどな……システィーナはんには効く！　わいは彼女のこと、ぎょーさん調べたで？そして、大会から始まってこっち、ずっと彼女を観察し続けた……結果、彼女には、わいの呪言が効くと確信してたわ！　彼女は、性根ではまだまだ甘ちゃん……魔術師をヒーローか何かと勘違いしとる。そうじゃあらへん。魔術師ってそうじゃあらへんのや。三下でも魔術師の覚悟決めとるやつには効かへんが、超一流でも魔術師の覚悟の甘いやつには、わいの術は刺さる！）

そう。シグレはそのために、システィーナにサクヤの病気や家の情報を、試合前にあえて開示したのだ。

もし、試合中にサクヤの病気が出たとき、あの時のシグレの言葉が強く、システィーナの心に想起されるように。

これこそが、シグレがシスティーナに刺した〝術〟……呪言の釘。ただの言葉のみでシスティーナの良心につけ込むように施した、避けようのない〝罠〟であった。

先の一戦、サクヤに発作が現れ、そのあわやという一瞬、シグレは遥か彼方から、呪言を使って、システィーナの心に話しかけたのだ。『本当に、それでいいのか？』と。

呪言による言葉は、空間を走って相手に届き、麻薬のように響く。決して無視できず向き合わされることになる。

案の定、システィーナは動揺し……この結果だ。

シグレが、その結果に満足してほくそ笑んでいると……

「……ふぅ、ありがとうございます、シグレ」

急に、サクヤに声をかけられ、どきりとする。

「貴方に煎じていただいた薬湯のお陰で大分楽になりました。……これでまだ戦えます」

「な、なんや、サクヤはん⁉」

見れば、サクヤが薬湯の湯飲みを両手に抱え、朗らかに微笑んでいた。

「その仙薬は普段使っているのと違うて、かなり強いやつや。身体にかかる負担はデカいし……しかも、一時しのぎにしかならんで。主治医としては棄権して欲しいわ」

「わかってます。でも、私は……負けるわけにはいかないので」

「ああ、せやな」

そう決意を秘めたように語るサクヤに、シグレが神妙に頷く。

そして、シグレはふと思い出す。

幼い頃から見てきた、サクヤの歩んできた軌跡を。

生まれ持った病気というハンデを抱えつつも、家のため、家族のために、苦労に苦労を重ねて陰陽寮に入学し、努力を重ねて、文字通り血を吐くような思いで、今の地位と立場を築き上げたサクヤの半生を。

(張り替える金もあらへん障子から吹き込んでくる冬風の寒さと辛さ知っとるか？　鼠すらご馳走に思えるひもじさと惨めさは？　弟妹食わすため、ゲスな貴族に身体許す屈辱と涙は？　そんなサクヤはんが勝てへんなんて嘘や。報われんなんて嘘やッッ！)

改めて、シグレはシスティーナを怨敵のように遠く鋭く睨む。
（ああ、わいはゲスや。人の心を無遠慮に踏みつける救いようのないゲスやで……だが
……それでも、わいはサクヤはんを勝たせたる……ッ！）
そんなシグレの決意と共に。
回復タイムは終了し——第七セット後半、帝国側の攻撃開始を告げる照明弾が、天空に
上がるのであった。

——試合が再開される。
まずは、1ポイント取り返そう。流れを取り戻そう。
帝国側はその意気込みで、日輪の国側へ攻撃を仕掛ける。
それは、1ポイント先取された動揺を感じさせない、猛攻であった。
だが——押し切れない。
帝国側にも、防衛ラインを割る得点チャンスはたくさんあった。
だが、何度そのチャンスが訪れても、1ポイント奪取に繋がらない。
その理由は……
「はぁー……ッ！　はぁー……ッ！　はぁー……ッ！」

誰がどう見ても、どこか苦しそうなシスティーナにあった。

これだけの接戦だ。得点が絡む要の場面には、必ずといっていいほど、両チームのメイン・ウィザード……システィーナとサクヤが絡む。絡まざるを得ない。

だが、その肝心のシスティーナが、サクヤと対峙して魔術戦を展開すると……いつも、どこかで精彩を欠くのだ。

致命的なタイミングで、突然、迷ったように手をこまねいたり、ミスを連発する。

サクヤも体調が悪そうに見えたが、その意気は軒昂。後先考えない、魂を擦り削るような捨て身の立ち回りで、システィーナを圧倒し続ける。

そして何より、システィーナはサクヤの体調不良以上に、絶不調なのだ。

まったく、いつものシスティーナらしからぬ立ち回りに、帝国チームの面々も訝しげに首を傾げるしかなく……

「くっ……なんで……なんで、私は……ッ!?」

当のシスティーナも自身に対する困惑を隠せない。

そんなシスティーナへ、サクヤは容赦なく襲いかかる。

「ぜぇ……ぜぇ……その程度ですかッ!? 《焰克陽滅・急急 如律令》ッ！」

サクヤが【縮地】で、システィーナの側面へ回り込みながら、炎の術を放つ。

唸りを上げて襲いかかる炎の渦。

だが、システィーナはそれを読み切っている。

（魔術罠――ッ！）

すでにサクヤの出現地点に設置していた、黒魔【スタン・フロア】。

（それを起動してサクヤさんを吹っ飛ばし、ダメージ覚悟で、一気に敵防衛ラインを割る
――それで、同点！）

システィーナがその仕込みを発動しようとして――

「〝そんなん当てたら、心臓悪いサクヤはん、死んでまうかもなぁ？〟」

『そんな術を当てたら、心臓の悪いサクヤさんは、死んでしまうかもしれないわ』

「――ッ!?」

ぎくり、と。なぜか、突然そう思い至ってしまったシスティーナが術の起動をやめ、後方へ飛び下がることを選択。

システィーナの後を追うように、次々とサクヤの放った炎が着弾していく。

爆炎と爆風が上がる。熱波が吹き荒れ、肌を焦がす。

「〝そもそも、自分、勝ってどないするんや？　サクヤはんと違って、それが一体、何になるん？　このまま負けた方が、皆、幸せでええんちゃうか？〟」

『──大体、何？　私の目標なんて……お祖父様に追いつきたい？　全然、大したことじゃないじゃない？　それって誰かを傷つけて、蹴落としてまでもなすべきことなの？』

「わ、私は……ッ！」

まだだ、まだ、好機は続いている。

なぜか、執拗に思い浮かび上がる自問自答を振り払うように、頭を振る。

この迫り来る炎の術の隙間を、疾風脚で一気に駆け抜ければ──ポイントだ。

「〝こんな軽い自分が、重いもん背負ってらっしゃるサクヤはんに、勝っていいわけ？〟」

『──それは本当に正しいことなの？』

「わ、私は──ッ！」

だが、システィーナは疾風脚を起動しなかった。できなかった。

選択した魔術は——黒魔【フォース・シールド】。

眼前に展開した光の障壁が、サクヤの放つ炎を次々と強固に防ぐが——

「サクヤさんッ！　援護します！」

「うおおおおお！　サクヤさんはやらせねぇえええええええーーッ！」

続々と、システィーナの前に集まってくる日輪の国の選手達。

こうなると、最早、強引な突破は難しい。

「……くっ⁉」

今——完全に、好機は逸した。

システィーナは悔しげにその戦域を放棄し、疾風脚で下がるしかないのであった。

「ああああああ、今のおっしぃ〜〜ッ！」

「も、もう少しだったのに、ですわ！」

そんなシスティーナを、観客席のカッシュやウェンディが悔しげに見送り……

「……白猫。お前……」

グレンが険しい表情で、眼下で苦しげに表情を歪めるシスティーナを見守っていた。

そして、フィールド。

サクヤの後方では……

「くっくっ……すまへんなぁ、システィーナはん……」

シグレが片目を薄ら開き、術式の刻まれている舌を出し、密かにほくそ笑んでいた。

「思った以上に効果覿面や。あの子、化け物じみた魔術の才覚とは裏腹に、やっぱ、メンタルはそうでもないんやな……くっくっく……」

そして、極限の魔術戦では、その精神性こそが勝敗を分ける。

「もう充分過ぎるほどやろな。終わりや。彼女は完全に〝崩れた〟。あれほど打ち続けた悪手の連続に、もう自信も判断力もボロボロ。いつもの実力の半分も発揮できんくなるやろ……ははは、口先の魔術師……なるほど、なかなか言い得て妙やわなぁ……」

そして、シグレは人知れず、薄ら寒く笑い続ける。

ちょうどその時、帝国側の攻撃終了を告げる照明弾が空へと上がるのであった。

――果たして、その後の展開は、シグレの思惑通りとなった。

精彩を欠き、要所要所で思い出したように判断ミスを連発するシスティーナが、帝国側の足を引っ張る。攻めても、攻めても、帝国側は、あと一歩押し切れない。

日輪の国の防衛ラインを突破することが出来ない。

そして、そんなシスティーナの絶不調へ追い打ちをかけるような、日輪の国側の猛攻。

このまま、一気に日輪の国がポイントを重ね、帝国を突き放す——観客達の誰もがそう思っていたが。

「——ふっ！」

リゼが。

「させませんよッ！」

レヴィンが。

「ったく、世話が焼ける……ッ！」

ギイブルが。

それぞれの戦域を担当するチームリーダー達が奮戦し、無得点に抑え続ける。

帝国が日輪の国を、辛うじて1点を追う形を維持し続ける。

そして——1ポイント差のまま、第十二セット前半、日輪の国の攻撃が終わる。

現在、回復タイム。

これが終われば、第十二——最終セット後半。帝国側の最後の攻撃だ。

ここで同点に持ち込めればサドンデスだが、同点にできなければ、帝国の敗退だ。

互いのチームに脱落者はいないが、皆等しく魔力は消耗し、疲労が限界に近い。

今、帝国チーム内に重苦しい空気が充満していた――

観客達の大歓声が渦巻く中――

（つたく、帝国の連中……しぶとい奴らやなぁ……）

フィールド東側……日輪の国チームの一角で、シグレが渋い顔をしていた。

（まっさか、ここまで粘られるなんて予想外や……ほんと、粒そろっとるで……）

「シグレ……貴方の目から見てどうですか？　私の容態は？」

そんなシグレに、切り株に腰掛け、息を整えているサクヤが話しかける。

シグレはそんなサクヤの額に手を当て、手首を握って脈を取っている。

「正直、かなり厳しいで……次のセットで限界やろな……それ以上は……」

「そうですか。……なら、大丈夫です。なんか、魔導の技の冴えは普段よりも調子良いくらいですから」

精神が肉体を凌駕した状態とはこういうことを言うのだろう。

サクヤは全身に滝のように汗をかき、その顔色は悪いが……裏腹に、その魔導の冴えはかつてないほど研ぎ澄まされつつあった。

（対するシスティーナはんは、わいの呪言による妨害で、もう立ち直れんくらい、精神的にボロボロ……こら、勝ちやな……）

昏い情念と共に、シグレがそう確信する。

（そうや……ヒヤヒヤしたったけど、わいらの勝ちや！　次のセットを、きっちり守りきって勝ち……ッ！　こんな勝ち方、サクヤはんが知ったら認めへんやろうけど……勝ちは勝ちや……ッ！　これでいいんやッ！）

一方──その頃、観客席にて。

「わかったぜ、白猫の絶不調の正体」

唐突に、グレンがそんなことを言い、周囲の注目を集めた。

「呪言だ」

「……呪言……？　ですか？」

「ああ、俺も昔、セリカから軽く聞きかじった程度しか知らんが、東方にはそういう魔術があんだよ。呪文じゃない、ただの〝言葉〟で、相手の心に直接語りかけ、その行動や感情を操作・強制する特殊な催眠呪術がな……」

首を傾げるルミアに、グレンが応じる。

「俺は、白猫が不自然に調子を崩すタイミングをずっと観察していた。すると、その時、必ずと言っていいほど、あのシグレとかいう野郎が、わりと近くに居やがる。

で、気になった俺が、遠見の魔術でそいつを観察していると、要所でぶつぶつ何か口走ってた。その舌には、呪言の術式らしき紋様がちらっと見えたし……読唇術で判断するに、シグレは白猫へと向けて言葉を放ってた。やれ、〝サクヤに勝って罪悪感はないのか？〟だの、〝お前にサクヤに勝つ覚悟と資格があるのか？〟だの、なんだの」

「そ、それって……」

ルミアも、先のシスティーナとシグレのやりとりは知っている。なんとなく何が起きているのか察したのだろう。その顔色が青ざめていく。

「ああ、白猫は今、その生来のお人好しさを突かれてる。無論、白猫とて、今さら戦いの場に上がってきた相手に手心加えるほど甘ったれじゃねえ……ただ、やはり心のどこかに微かな優しさや甘さがある。呪言はその僅かな甘さの隙を増幅し、白猫の心を強制的に埋め尽くさせるのさ。要は、白魔術でいう精神攻撃をくらってんだ」

「そ、そんな……それなら、白魔【マインド・アップ】を使って、心を守れば……」

「ダメだ。【マインド・アップ】は、心の中に一枚膜を張って、外部からの精神干渉を遮断する術だ。呪言には意味がねえ。なにせ——白猫のやつは、迷わされているんじゃねえ……自分自身で勝手に迷ってるだけなんだからよ」

実際、システィーナも、自分が何らかの精神攻撃を受けていることを疑ってはいたのだろう。すでに【マインド・アップ】は試していた。

「はぁ……これが件の第十三聖伐実行隊どもの仕業だったら良かったのに。……仕掛け人が選手なら、これも立派な魔術戦よ。これじゃ手の打ちようがないわ」

イヴが険しい顔でそんなことを言う。

「……やっぱり、急成長のツケが回ってきたってわけね」

「急成長のツケ……ですか……？」

「ええ、そう。確かに、技術的には飛躍的にシスティーナは強くなったわ。でも、精神面の成長がそれに追いついてなかったのよ。呪言で心の隙を突かれた……とは言うけど、要するに、心に隙がなければ突かれないんだから。呪言の介入に対して、確たる自分自身の〝覚悟〟と〝答え〟を持っているなら、こんなことにはならなかった」

「！」

息を呑むルミアに、イヴが淡々と続ける。

「魔術師はね。傲慢で強欲なの。普通、誰もが忌避するその感情が種火となって、魔力を練り上げ、法則をねじ曲げる……謙虚で無欲な連中には務まらないのよ」

「……〝汝望まば、他者の望みを炉にくべよ〟……ですか？」

魔術師を目指すならば、誰もが最初に教わる言葉をルミアが口走り、イヴが頷く。

「良くも悪くもそれが魔術師の本質よ。己が望みのために、他者の望みを蹴落とし、踏み躙れるか？　目的のために優しさや甘さを捨てきれるか？　本来なら、徐々に力を得る過程で、ゆっくりと、自分なりの覚悟と答えを固めていくものだけど……」

イヴがちらりと、眼下のフィールドで俯いているシスティーナを見下ろす。

「彼女はあまりにも早く成長し過ぎたわ。迷わず倒すべき敵に対しては、負けず退かず戦う勇気は得た。だけど、その魔術師の陰惨な本質に向き合うには……まだ甘く、未熟」

「！」

「無論、その甘さや未熟さは、人としては正しいわ。美徳と言ってもいい。でも、あえてそれができなければ、魔術師としては決して大成しない。素質はあったのに、それができず、ついぞ開花しなかった天才の卵達はいくらでもいるわ。

これは試練よ。話を聞いた限り、サクヤ＝コノハという魔術師は、相当に重い覚悟でこの場に立っているはず。ここでシスティーナが彼女とどう向き合うか、どういう選択と決断をするか……それが、システィーナのこれから先の人生をも決するかもしれない」

そんなイヴの言葉に、その場の誰もが重く深刻な表情で押し黙る……

「くっくっく……」

……ただ一人、グレンだけを除いて。

「……何、笑ってるのよ？」

空気のまるで読めないグレンに、イヴが苛立ったように噛み付く。

「わかってるの？　貴方の可愛い教え子の人生最大の危機よ？　今、ここで中途半端に負ければ、それが心的外傷となって、一生立ち直れないかも——」

「ああ、わかってるよ、そんなん」

だが、グレンはどこか悠然とそれを受け流す。

「だけどな……俺は白猫のやつが未熟で、覚悟が中途半端だなんて、微塵も思わねー」

「はぁ!?　だって、現に——」

「ちょっと、見たことねえ術にハメられて混乱してるだけさ。あいつはもうとっくに、自分が魔術師をやる覚悟も答えも持ってる……俺は、よーく知ってるぜ？」

そう言って、グレンが立ち上がる。

コキポキと首と背骨を鳴らし、伸びをする。

「そして——そんなやつに、観客である俺達が……教師がすべきことなんて昔っから、相場が決まってるだろ？」

そして、得意げにグレンは懐から、ごそごそと何かを取り出すのであった。
それは――

(私は……一体、何をやっているの……ッ!? こんな無様な……ッ!)

――その頃。

システィーナは頭を抱えて、地に蹲っていた。

(皆の期待もあるのに……それに応えないといけないのに……こんなことばかり……)

「し、システィーナ先輩……」

「ど、どんまいですの……そういうこともありますわ……」

「あ、ああ……アタシらがなんとかしてやるからさ……」

マリアや、フランシーヌ、コレットらが、そんなシスティーナを心配そうに見やり、口々に言葉をかけるが……どうすることもできない。

皆が、〝ダメなのか？〟、〝ここまでなのか？〟……そんな諦めにも似た表情と感情を、なんとか抑えようとしている。

そして――その時だった。

「システィーナ。話があります」

そんなシスティーナに、いつになく厳しい表情で語りかける者がいた。

リゼだ。

「り、リゼ先輩……？」

「まず、忌憚なく厳然たる事実を言います。今の貴女は足手まといです。貴女がチームの足を引っ張っています」

薄々誰もが、システィーナすら思っていたことを代弁するリゼ。

改めて、その事実を指摘され、システィーナが苦しげに表情を歪める。

「確かに、人には好不調はあります。でも、チームの足を引っ張るほどの不調となり、その状態を脱せない以上、貴女はメイン・ウィザードとして決断しなければなりません。次の最終セット……このまま、貴女がチームの司令塔を続けるのか、それとも、他の誰かに司令塔の座を譲るのか」

「あ……」

「私達は帝国代表です。祖国の顔に泥を塗る無様な戦いは出来ません。少しでも、勝算の高い道を選ぶ義務がある……どうなのですか？　システィーナ＝フィーベル」

「…………………」

重苦しい沈黙が……一同を包む。

誰もが押し黙り、リゼとシスティーナの動向を見守っている。

「私は……」

自問自答するように、システィーナが物思う。

(このまま、降りる……ありなのかもしれない……)

だって、駄目なのだ。

負けられないもののために、己が命をかけて、必死に戦うサクヤの姿を見ていると……

どうしても、動揺と躊躇いを拭えない。手が止まる。足が重い。息が苦しい。

罪悪感がこみ上げて、こみ上げて、仕方ないのだ──

(私に、ああまでして戦う理由ってあったっけ？　何一つ苦労してない、不自由なく、生きてきた私に……あんな必死に足掻くサクヤさんを蹴落としていい、踏みにじっていい、どんな理由があったっけ……？)

ない。

敵う気がしない。

お祖父様に追いつきたい？　なんだろう、それ。そのちっぽけで薄っぺらい理由は？

その程度のふざけた理由で、家族のために、己の少ない命を燃やして戦うサクヤを、蹴落としていいのか？　それは許されるのか？　正しいことなのか？

（駄目……私はもう……サクヤさんとは戦えない……心が重いの……）

がくり……と。

心の重さに耐えかねたように、システィーナは項垂れて……

そして——

「すみません……私はもう駄目です……リゼ先輩……後は貴女に……」

——そんなことを言いかけた——その時だった。

カッ！

観客席の一角から、突如、凄まじい光と衝撃音が上がったのだ。

その猛烈な光は、その一瞬、その広大な競技フィールドを真っ白に白熱させ——その次の瞬間。

その光の発生地から空に向かって、圧倒的な光の衝撃波が巨大な柱となって、真っ直ぐに突き立ち——雲を貫き、無限の大空のド真ん中へと吸い込まれていく——

「な——ッ!?」

半呼吸遅れて、その光の衝撃波の余波が、システィーナ達の下へ嵐のようにやって来ては叩き付け——森の梢を、その髪を、ローブの裾を、ばっさばさと揺らした。

「い、今のは……」

すぐにわかる。あまりにも見慣れた光景だ。

あれは、黒魔改【イクスティンクション・レイ】の光——グレンの魔術だ。

「せ、先生……？」

システィーナはきょとんとしながら、その光が放たれた観客席の中央を、遠く見つめるのであった——


しん……

空に向かって、伝説の大魔術、黒魔改【イクスティンクション・レイ】をぶっ放すというグレンの意味不明の大暴挙に、その凄まじい光を目の当たりにした衝撃に。

セリカ＝エリエーテ大競技場の観客席の何千人もの観客達全員が、ぽかんと呆気に取られ、水を打ったかのように静まりかえっていた。

「ふっ」

ただ、その中心で——どや顔のグレンが、未だ術の残滓魔力がバチバチと紫電を上げる左手を、天に向かって掲げている。

「……意味は？」

そんなジト目のイヴのツッコミを無視して。

グレンは、しんと静まりかえる会場の最中、何事かをぼそぼそと呟きながら、自分の喉をトントンと指で突いた。

そして――

『システィーナァアアアアアアアアアアアアアアアアアアアーーッ！』

ドガァ！　と、凄まじい大音量で叫んでいた。

魔術によって、超特大に増幅された大音声だ。まるで、すぐ傍で火山でも大噴火したんじゃないかと思わせるような超絶的音波衝撃に、周囲の連中が耳を押さえながら、木の葉のように吹き飛んでいく。もう迷惑極まりない、災害級の大騒音であった。

だが、グレンは叫ぶ。

声のあらん限り叫ぶ――

『構うなぁあああああああああーーッ！　お前の好きなようにやれぇえええええええええ

ええええーーッ！　他人のことなんか関係ねぇえええええええええーーッ！　お前がどんな選択をしようが！　誰が何と言おうが！　誰に恨まれようが！　俺は！　俺だけは！　お前の味方だからなぁあああああーーッ！　俺は、お前の教師だぁあああああああああああああああああああああーーッ！』

「うるさいッツッ！」

駆け戻ってきたイヴが、涙目でグレンを蹴り倒す。

「鼓膜破れるかと思ったじゃない⁉　せめて一言断りなさいよッ⁉」

「あだだだ⁉」

げしげしげしげしっ！

イヴが、倒れ伏すグレンの背中に蹴りを入れまくる。

周囲の観客達も、カッシュ達も、リィエルも、エルザも、きんきん鳴る耳鳴りを押さえながら、呆れ顔の苦笑いでそんな二人の様子を見守る。

なんともぐだぐだな状態となった観客席であったが——

——そんなグレンの激励は、しっかりとシスティーナへと届いていた。

「……せ、先生……ッ⁉」
もう、グレンとの付き合いも長いシスティーナだ。
グレンの言いたいことなど、手に取るようにわかる。
このまま、意地張って突き進んでもいい。甘ったれて退いてもいい。
どんな選択をしたって、構わない。
だけど……グレンだけは、自分を認めてくれる。味方でいてくれる。
そんな、グレンのメッセージ。
「わ、私は……」
どんな選択をして、誰から恨まれても、憎まれても、罵られても、グレンが居てくれる
……認めてくれる……そんな心強さと安心に。
微かな安堵が生み出した心の余裕に、システィーナは、ふと思い出したのだ。
自分が、魔術師たらんとする理由を――その原初の心を。
それは――もう懐かしい、幼き頃の記憶と風景――
遠く懐かしく、眩い物を見るかのように、空の城を見上げる、祖父の姿。
天気は明朗、抜けるような青空に煌々と降り注ぐ陽光に、そのフェジテの空に浮かぶ半

透明の城は、とてもよく映えていた。

その時。その燦爛たる城と、それを望む祖父の姿が、システィーナの魂を捕えた。

その祖父の背中が、眼差しが、あまりにも切なかったから──

その空に浮かぶ幻影の城の姿があまりにも眩く、綺麗だったから──

だから、その日、その時から、祖父の夢は、システィーナの夢になったのだ。

──だったら、私がやる──

──私が、お祖父様以上に立派な魔術師になって──

──私が、お祖父様の代わりに『メルガリウスの天空城』の謎を解いてみせるわ──

「……負けられない……ッ！」

途端、魂が燃え上がるような感覚が、システィーナを支配していた。

確かに、帝国代表として皆の期待を背負っているし、サクヤの事情も理解できる。

だけど、自分の奥底では、それら以上に──大事なものがあったのだ。

「サクヤさんみたいな大層な理由じゃないし……人から聞けば、なんだそれとバカにされるかもしれない、子供っぽい夢や理由だけど……譲れないの……ッ！　譲りたくない……ッ！　私は負けるわけにはいかないの……ッ！」

自分自身の魂を叱咤するような叫びが、システィーナの心の中を毒のように蝕んでいた、数々の濁った自問自答や自責を、一気に払拭していく――

「そして、こんなちっぽけな理由でも……先生は、私を肯定してくれる……ッ！　応援してくれる……ッ！　だったら、私は――ッ！」

――。

「……やっぱり、君は、そう来るんだね、システィーナ」

セリカ＝エリエーテ大競技場前、大広場の片隅にて。

誰も寄りつかない人形劇屋台で、大導師――フェロード＝ベリフが、銀髪の少女の人形を繰りながら、どこか切なげな表情で、誰へともなくぼそりと呟くのであった。

「……ありがとう……」

その小さな呟きを聞く者は……誰もいなかった――

――。

「リゼ先輩ッ！　お願いします！　私にやらせてくださいッ！」

　システィーナが、リゼに頭を下げていた。

　今までの憔悴しきった姿から一変、覇気に漲るシスティーナに、帝国メンバーの面々がきょとんと目を点にする。

「今まで、腑抜けていて申し訳ありませんでしたッ！　この失態は必ず取り返しますッ！　だから――私にやらせてくださいッ！　帝国のメイン・ウィザードとして、あのサクヤ＝コノハを倒して――必ず勝ってみせますッ！　だから――」

　すると、リゼがぽんと正面からシスティーナの両肩に手を置いた。

　システィーナの目を至近距離で覗き込み……やがて、にっこりと笑う。

「もう、大丈夫そうね、システィーナ」

「り、リゼ先輩……」

「ふふ、あまり先輩に心配をかけるものじゃありませんよ？」

　そう言って、リゼが一同に振り返る。

「皆さん、今まで通り行きましょう。システィーナを中心に、全員で戦う」

「……ッ！」

　そんなリゼの力強い言葉に、一同がこくりと頷いた。

「私達が身を張って、システィーナを護り、システィーナを前へ進ませましょう。……システィーナ、いいですね？　できますね？」

「はいっ！　任せてくださいッ！　皆、よろしくお願いしますッッ！」

力強く、システィーナがそう叫んで。


泣いても笑っても最後──

第十二セット後半──帝国側最後の攻撃が始まるのであった──


「な、なんやて⁉　うっそやろ⁉」

試合再開直後。

シグレは、各戦域フィールドに展開される信じられない光景に、狼狽えるしかない。

あれだけ絶望ムードの死に体だった帝国陣営が、まるでたった今、試合を開始したような士気と勢いで、日輪の国側へ壮絶な圧力をかけてくるのだ。

しかも驚きはそれだけではない──

「はぁあああああああーーッ！　《唸れ暴風の戦槌》！　《打て》！　《叩け》ッ！」

その最前線の先頭を、疾風脚で稲妻のようにジグザグに翔け走りながら、その圧倒的火力で、日輪の国のメンバーを蹴散らしているのは——システィーナだ。

今までの鬱憤を晴らすかのような、獅子奮迅。

日輪の国の誰もが、たまらず気圧され、後退するばかりであった。

「なんでや⁉　復活したんか⁉　まさか、さっきのあの妙ちきりんで意味不明な応援でか⁉　一体、アレどんな魔術やねん⁉」

だが、復活したのなら、また折ればいい。

シグレは動揺を抑え、己が舌に刻んだ呪言の術式を起動させる。

遠く彼方から此方側へと向かってくるシスティーナを見据え……その耳元にささやきかけるようにそっと呟く。

「〝だから、何度も言うとるやろ？　あんさんが勝ったら、サクヤはんの人生と家は台無しになるんや……そんな酷いこと……〟」

「う・る・さぁあああいッ！」

システィーナは、己が心にしみ込んでくる迷いを吹き飛ばすように絶叫し——

その勢いのまま、予唱呪文の黒魔【ブレイズ・バースト】を起動する。

「ぐわぁああああああああああーーッ⁉」

フィールドに炸裂した大爆炎に巻き込まれた、日輪の国の選手が二人、大きく空へと吹き飛ばされていく——

「私はシスティーナ＝フィーベルッ！　我が祖父、レドルフ＝フィーベルの後を追う者よッ！　あの日見た空とあの日の想い——それが魔術師としての私の全てッ！　あの空と祖父に誓って——もう誰にも邪魔させないわッ！　自分自身にさえもッッ！」

ぶちんっ！　ぐしゃっ！

「ご、ぶっ⁉」

突然、シグレが盛大に血を吐いていた。

舌が縦に真っ二つに裂け、喉が潰れ、肺がひしゃげたのだ。

(げ、ほぉ——ッ⁉　アカン〝呪詛返り〟や……ッ⁉　完全に術を破られた……)

そう、一見、無敵の呪言にも、絶大なリスクがある。

万が一、相手に術を破られたら、今までその相手にかけた全ての呪詛が、ダメージとして自身にフィードバックする。この重過ぎるリスクこそが代償——

「きゃあああああああ⁉」

「げほぉおおおーーッ⁉　ごほっ！　ごふっ！　がはぁああーーッ⁉（アカン、死ぬ……ッ⁉　このままだと呼吸がぁ……ッ⁉）」

シグレが突然、己の喉元に迫った死神に恐怖していると。

とん。その背に何者かが、何かを呟きながら手を触れていた。

サクヤだ。

途端、シグレの呼吸がすっと楽になる。まだ、言葉を発することはできないが……今すぐどうこうということはなさそうであった。

「……シグレ。なぜ、システィーナさんが突然、私との戦いで調子を崩したか……今、なんとなくわかりました」

「〜〜ッ⁉」

「お話は後にしましょう。……今はただ、この祭典で出会った最高の好敵手との戦いに……決着を」

感情の読めない表情でそう言い残し、サクヤがシグレの前から去って行く。

システィーナが迫る最前線へと、しゃなりと向かっていく。

「……さ、……くぁ……は、……ん……」

そんなサクヤの後ろ姿を。

シグレはがっくりと項垂れながら、見送るしかないのであった──


今や、東側フィールド中央は大混戦の極みになっていた。

両チームの選手達が全員集結し、激しく魔術を撃ち合っている。

雷撃と吹雪、業火が嵐のように吹き荒れ吹き荒れ、式神や精霊、使い魔達が真っ向からぶつかり合う壮絶な魔術戦が、地獄の釜の底のように展開されている。

そして、その疾風怒濤の大嵐の中心にいるのは、当然──

「《剣の乙女よ・空に刃振るいて・大地に踊れ》──ッ！」

──システィーナだ。

システィーナを中心に無数に翻る風の刃が、システィーナを圧殺せんと迫り来る、式神の群れを片端から斬り伏せて──

──そして、さらに疾風脚で突進。敵陣奥深くへと鋭く斬り込む。

「止めろ、あの女を止めろぉおおおおおおおーーッ!?」

「これ以上、いかせるかぁあああああああああーーッ！」

当然、そんなシスティーナの猛進撃を押し止めようと、次から次へと日輪の国のメンバーが立ちはだかり、矢継ぎ早に呪文を唱え、協力して断絶結界を張り、式神達を並べ、攻性呪文で弾幕を張っていく。

流石に、これだけの手数で来られれば、普通はシスティーナも足を止めざるを得ないのだが——

「おおおおおおおおおおおおおおおおおおおーーッ！」

横合いから飛び込んで来たジャイルが、その怪力による大剣の一閃で、システィーナの進行ルートを塞ぐ断絶結界を力尽くで叩き割り——

「させるかよぉおおおおーーッ！」

「わたくし達が！　相手ですのッ！」

「まぁ……暇潰し程度に」

押し寄せる式神達の群れを——コレットの魔闘術が、矢のように空から飛来するフランシーヌの白い天使が、ジニーの起爆符付きの手裏剣が薙ぎ払い——

「《災禍霧散せよ》、《2》、《3》、《4》、《5》——」

システィーナに迫り来る雷撃や炎撃の術を、ギイブルが、黒魔【トライ・バニッシュ】の連唱で、片端から打ち消ししていく。

「——皆!?」

「ここは私達に任せてください！　システィーナ！」

きぃいいんっ！

横手の木陰から、システィーナへ突然、不意討ちをかけてきた陰陽師の少女。

彼女の刀の一撃を、リゼが素早く割って入り、細剣で弾き返す。

「まぁ、雑魚達の露払いは、僕が務めてあげましょう」

「システィーナ先輩っ！　ファイトです！」

見れば、レヴィンやマリアも。

「…………」

あの寡黙なハインケルすらも。

皆が皆、システィーナを前に進ませるために、身を粉にして、必死に魔力と魔術を振るっていた。

「……ありがとう、皆」

そんな全員の思いに応えるかのように。

「疾風脚ッッ！　はぁああああああああああーーッ！」

どんっ！

システィーナは、この場を仲間達に任せ、日輪の国の包囲網の一瞬の隙を突いて突破、全てを置き去りに抜き去っていく。

システィーナの後を追いかけるように発生した衝撃波が、森を切り裂いていく――

「――一対一！」

日輪の国の最後尾にて。

防衛ラインを守っていたサクヤは、いよいよその時が来たことを予感していた。

ジェット気流に乗ったシスティーナが、サクヤに迫って来る。

彼我の距離１００メトラ。接敵まで後、ほんの２秒。

もうシスティーナもサクヤも互いに、魔力も体力も限界。小細工を弄している時間も余裕もない。

後は純粋な真っ向からの力勝負。

いや、勝利への渇望、どちらがより強い思いを持っているかで――決する。

「サクヤさん――ッ！」

システィーナはサクヤに向かって、真っ直ぐ突進する。

その疾風脚に込める魔力のボルテージをさらに上げて、さらに撃風を纏って超加速し、

真っ直ぐ真っ直ぐ真っ直ぐ駆ける――

「システィーナさん――ッ！」

対するサクヤは、ゆらゆらと舞うように術を展開し、システィーナと自分の間に、結界を展開。展開。展開。展開……

魔力を振り絞って、システィーナの進行を拒絶する結界壁を何重にも展開する。

「はぁあああああああああああああああーーッ！」

対するシスティーナは、左手の掌打に攻撃的な風の魔力を集め——それを前へと突き出す。

自身を阻む結界壁へと、何の小細工もなく叩き付ける。

がしゃん！　がしゃん！　がしゃん！　がしゃん！

システィーナがその勢いのまま次々と結界壁を叩き割って、まったく速度を落とすことなく突進する、突進する、突進する——

「く……ッ!?《一二三四五六七八九十・布留部・由良由良止・布留部》——ッ！」

少しでもシスティーナの勢いを止めようと、サクヤが呪われた死者達を召喚する。

だが、死霊の群れが織りなすその密集陣形は——

「《我に従え・風の民よ・我は風統べる姫なり》——ッ！」

システィーナの黒魔改弐【ストーム・グラスパー】が生み出す、圧倒的な風の砲弾の全方位砲撃が、ゴミ屑のように空へと蹴散らし、吹き飛ばして——

彼我の距離――0メトラ。

接敵。

「はぁあああああああああああああああああーーッ！」

「くぅううううううううううーーッ！」

壮絶な風を込めたシスティーナの左掌打と、壮絶な魔力を漲らせたサクヤの扇が、真っ向から激突する。

ざざざざざざざざざざざざざ――ッ！

システィーナの突進の勢いのままに、押し下げられていくサクヤ。

システィーナの掌とサクヤの扇の先で激突し、潰し合う壮絶な魔力と魔力。

サクヤの靴底が森の地面を擦り削りながらも、組み合う二人の勢いが僅かずつ、減衰していく――

防衛ラインまで後、50、40、30、25――

「げほっ！　ごほっ！　負けられない……私は負けられないんです……ッ！　弟達や……妹達のためにも……家族のためにも……ッ！」

ついに限界を迎えたのか、サクヤが胸を押さえ、血反吐を吐きながらも、扇と足に魔力を込め、システィーナの圧力に抗う。押し返そうとする。

「私だって——私だって譲れない物があるのよッッ！　お祖父様に誓ったの……私はお祖父様を超える魔術師になって……空の城を目指すって——ッッッ！」

同じくマナ欠乏症を迎えたシスティーナも、激しく咳き込みながら、掌に、疾風脚に込める魔力をさらに高めていく。

「それに——」

ぎり、と。

システィーナが歯噛みする。

この土壇場で、なぜか心に思い浮かぶのは、いつもやる気のないすっとぼけた顔をしている、あのロクでなしな教師の姿。

明るく振る舞いつつも、どこか道を見失っている迷子のような、あの人に——

「そんな私の姿を……あの人に……先生に……ッ！」

いよいよ、システィーナの突進の勢いが止まりそう——サクヤが競り勝つ——

——そんな時だった。

「先生に、見ていて欲しいのよぉおおおおおおおーーッ！」

「——ッ!?」

魂の叫びと共に、システィーナはさらなる一歩を、最後の最後の力を込めて——思いっきり、踏み込んだ。

どんっ！

「あ――」

その瞬間、サクヤの身体が空を舞い――

「ぁあああああああああああああああああーーッ！」

まるで堤防にせき止められていた圧倒的な洪水が、堰を切って奔流するような勢いで。

風の砲弾と化したシスティーナが、残り10メトラの距離を一気に消し飛ばす。

最早、彼女の道を阻むものは何もなく。

システィーナが、日輪の国の防衛ラインを容赦なく割るのであった――

ォオオオオオオオオオオオオオオオオオオオオオオオオオオオオオオオオオオオ
オオオオオオオオオオオオオオオオオオオオーーッ！

途端、会場中から上がる爆音のような大歓声。

それも、どこか遠い国の出来事のように。

（ああ……負けちゃった……）

吹き飛ばされて空を舞うサクヤは、今にも吸い込まれそうになる空を、ぼんやりと見つめながら……物思う。

これで、ポイントは1対1。同点。

当然、まだ勝負は終わっていない、サドンデスだ。

でも……サクヤはもう悟ってしまったのだ。これで勝負はついたのだ、と。

「こほっ！　けほっ……」

自分は……恐らく、もう立ち上がれない。次の回復タイムを経ても。

もう、全てを出し切った。

何もかもを使い切ってしまったのだ——精も根も。

でも……不思議と悔しくない。むしろ、満足感すらある。

これから自分はどうなるのだろう？　家族はどうなるのだろう？

敗北による様々な不安はある。

（でも……今はこの心地よい敗北感に包まれていたい……）

陰陽師として、己が身に課す義務として、ひたすら研鑽を続けた日々。

辛さも苦しさも平気だったけど、それが楽しいと思えたことは一度たりともない。

だが、この日、この時ばかりは……

（楽しかったんです……システィーナさん……貴女と自分の全てをかけて、全力で競い合えて……本当に楽しかった……）

負けたというのに、微笑みすら浮かべてしまう自分が不思議だった。

「おめでとうございます、システィーナさん……貴女に会えて……よかった……」

そんなことを、誰へともなく呟いて。

サクヤは、そのまま心地よい疲労感と重力に任せて、意識と共に落下していくのであった――

日輪の国のメイン・ウィザード、サクヤ＝コノハ。戦闘不能により脱落。

回復タイムを経ても、回復しきれず。

よって――

アルザーノ帝国側の勝利を告げる照明弾が、上空に幾つも上がる。

この奇跡の大逆転に、会場はさらなる熱狂の渦に巻き込まれていくのであった――

第三章　さらに渦巻く深い闇

「ぉおおおおおおおおおおおおおおおおおおおおーーッ！」

「やりましたわね、システィーナッ！」

「決勝進出おめでとうございますッッッ！」

日輪の国との試合終了後、セリカ＝エリエーテ大競技場の選手控え室に戻ってきたシスティーナ達を、カッシュやウェンディ達、応援組が歓声を上げて出迎えていた。

「システィイイイイーーーッ！　よかったよぉおおおおーーッ⁉」

目をぱちくりさせるシスティーナへ、エレンが、ばずっ！　と抱きついて。

「ま、良くやったわ、貴方達。……褒めてあげる」

「ん。みんな、格好良かった」

「あはは……私も軍のことがなかったら、世界の舞台に立ちたかったな……」

イヴ、リィエル、エルザが、それぞれの言葉で選手達へ賛辞を贈る。

「えへへへーーーッ！　ルミア先輩、私の活躍見ててくれました⁉」

試合が終わったばかりなのに、マリアだけは元気いっぱいで、ルミアの下へとすっ飛んでいって。

「うんうん、見てたよ。マリアも凄く頑張っていたね」

「えへへー……そうでしょ？　そうでしょ？」

「ま、君の活躍が一番ショボかったけどな」

「ギイブル先輩の鬼畜ッ！」

そんなギイブルのツッコミに、マリアが涙目で凹んで。

一同が、そんな様子を前に、あははと笑い合う――

コレットも、フランシーヌも、ジニーも。

ジャイルも、リゼも、ハインケルも。

そして、カッシュ、ウェンディ、テレサ、セシル、リンら応援組も。

誰もが、アルザーノ帝国の勝利に、心からの笑顔となっている。

「…………」

試合の終わった余韻のせいか、システィーナが心ここに在らずといった感じで、ぼんやりとそんな光景を眺めていると。

「……白猫」

「あ……先生……」

グレンがにやりと笑いながら、システィーナの下へとやって来た。

「ナイスだ。よくやった」

ぐっと、拳を突き出してくるグレン。

「……あっ……えと……その……」

ふと、システィーナは、グレンが試合中に贈ってきた、あのあまりにも恥ずかしい激励を思い出してしまって。

あの時、気付いてしまった自分の気持ちを思い出してしまって。

どうにもグレンの顔を見られず、顔を赤らめて俯くが……

やがて、システィーナはグレンと同じく太陽のように不敵に笑って。

がしっと。無言で、グレンと拳と拳を突き合わせるのであった。

……と、そんな時だ。

「……失礼します」

アルザーノ帝国の控え室に、誰かが控えめに入ってくる。

「貴女達は……」

サクヤとシグレであった。

　試合後に法医処置を受けたらしい。顔色の悪さや癒えていない傷は多々見られたが、こうして歩いて話をする程度には、二人とも回復したようだ。

「えーと……二人とも何の用でしょうか？」

　システィーナが小首を傾げて、その意外な客に応じていると。

　突然、シグレが一歩前に出て姿勢を正し、システィーナの前で頭を下げていた。

「……本当に……申し訳ありまへんでした……ッ！」

「⁉」

　何事かと目を瞬かせる帝国一同。

　ただ、事情を察しているグレンやイヴといった、一部の者達だけが目を細める。

「わい……わい、国のためとはいえ、システィーナはんには、本当に申し訳ないことをしてもうた……ッ！　謝って済むことやあらへんが謝らせてな……この通りや……」

　そんなシグレへ、リゼが訝しんだように問う。

「謝るって……貴方は一体、何をしたのですか？」

「……それは……じ、実は……わいは、システィーナはんに……」

　何かを打ち明けようとしたシグレに。

「ストップ！」

それをシスティーナが止めていた。

「シグレさん。私は貴方が何をしていたのかは知らないし、聞く気もないわ」

「そ、そやけど……」

「仮に、貴方が私に何かをしていたとしても……それは、正々堂々とした試合の中の、魔術戦の範疇……違う？」

「……ッ！」

シグレがシスティーナの目を見る。

聡いシスティーナは、やはり全てを察したようであった。

その上で、システィーナは水に流そうとしているのだ。

「だから、この話はお終い。……ね？」

そんなシスティーナの言葉に。

「は……ははは……こりゃ一生敵いまへんなぁ……完敗や……」

シグレは、何かを吹っ切ったように、天井を見上げて息を吐くのであった。

「……私からも改めて謝罪しておきます、システィーナさん」

「サクヤさん」

「そして、その上でこの言葉を贈らせていただきます。……決勝進出おめでとうございます。私達の悲願は……貴女達、帝国に託しましたから」

「それは嬉しいんですけど……あの、サクヤさんは……大丈夫なんですか？」

システィーナは、サクヤが背負っているものや事情を知っている。

この戦いでシスティーナは、己の我を貫き、サクヤを蹴落とした。

それによって、これから先、サクヤが立ち向かうことになるであろう苦難を思えば、やはり、素直には喜べない。

だが──

「大丈夫ですよ、システィーナさん」

──サクヤは真っ直ぐ朗らかに微笑んだ。

「私はまだ生きています。生きている限り……前に進むことができます。今回の件で名誉を得られなかったのは残念だけど……生きている限り、他の道を探せます。前に進めます。病気を克服する方法だって……いつか、きっと……」

サクヤは、ちらりとシグレを見る。

まかせとき、いつか必ず……そう言わんばかりに、シグレは無言で頷いた。

「だから、私のことは気にしないでください、システィーナさん。貴女は貴女が信じる道を、求める道を、真っ直ぐ突き進んでください。それが……私達を蹴落とした貴女の務めでもあるのですから」

「わかったわ。貴女達と出会えて……私、本当に良かった」

「こちらこそ……とても得る物が多い、良き戦いでした」

「……ええ、私もよ」

そう、本当に得る物が多かった。

自分が進む道、覚悟。己自身を見つめ直す良い機会だった。そして――

システィーナがちらりとグレンを流し見る。

当のグレンは――

「だぁああああああーーッ!? お前ら、重いんだよ、離せぇええええええーーッ！ って、リィエル!? 痛ぇって!? 痛ぇえええええーーッ!? ぐえっ!?」

マリア、コレット、フランシーヌにベタベタと絡まれている。

そんな少女達を、どこかむっとしたリィエルが、グレンから引きはがそうと強引に引っ張っており、グレンの首が絞まっていた。

そんなどうにも格好の付かないグレンの姿を、システィーナは見つめる。

試合中に贈ってもらった、あのグレンの言葉を思い出す。

たちまち顔が熱く、心臓の鼓動が高鳴るが……でも、それはとても心地よいもので。

だから、もうシスティーナは誤魔化しようもなく気付いたのだ。

気付いてしまった。

（ああ、私……やっぱり先生のこと……もう、どうしようもなく、好きなんだなぁ）

真っ直ぐ道を歩む自分を、先生に見てもらいたい。

未だ道を迷い続ける先生に、真っ直ぐ進む自分を見て欲しい。

それには多分、二つの意味があるけど……きっと、自分が望むのは両方。

そのくらい、自分はグレンのことが好きなのだ――

そんな風にグレンを見つめるシスティーナの様子に。

サクヤは、何かを察したようにくすりと微笑むのであった。

「ふふっ、頑張ってくださいね……システィーナさん」

「え⁉ 何のこと⁉」

そして、やっぱりヘタレなシスティーナが、顔を真っ赤にしながら、慌てて誤魔化すのであった。

と、そんな和やかな一時を一同が嚙みしめていると。

「あ、そうだッ！ 皆さん、実はいいものがあるんですっ！」

突然、マリアが素っ頓狂な声を上げて手を叩き、控え室の隅に置いてある自分の荷物を漁り始める。何事かと一同が注目する中、マリアが荷物の中から取りだした大きな箱のようなその装置は――

「じゃーん！　マイ射影機でーす！」

それは、特殊な銀試薬を塗布した板に風景を焼き付け、撮像する装置であった。

「……おい、マリア。お前……なんでそんなかさばるもん持ってんだよ……？」

「いやー、このミラーノにある聖堂達の御姿を、記念に撮像しておこうかなと」

「やっぱ、お前、完全に観光気分じゃねーか⁉　一体、何しに来てんだ⁉」

「あいたたたたーーッ⁉　ごめんなさいごめんなさいごめんなさーいッ⁉」

ぐりぐりと、グレンに両手の拳でこめかみを抉られるマリアが、涙目で悲鳴を上げた。

「と、とにかくですねぇ！　せっかく皆でここまで来たんですし、ここは一つ、皆で記念撮影なんてどうです⁉　ね⁉」

実に能天気なマリアらしい発想であった。

「ったく、まだ大会終わってねえってのに……つか、これからだっつーのに、気ぃ早えんじゃねーの？」

「……まぁ、いいじゃないですか、先生。私は素敵な考えだと思いますよ？」

「さっすがルミア先輩、話がわかる！」

ルミアの肯定に、マリアがきゃっきゃっと喜ぶ。

一応、グレンがお伺いを立てるようにイヴをちらりと流し見れば、イヴは、好きにしたら？ と言わんばかりの呆れ顔で肩を竦めていた。

「あ、そだそだ！ せっかくですし、そちらのサクヤさん達もご一緒にどうです⁉」

「え⁉ 私達も……ですか？」

「い、いや……わいらは部外者やし……」

「まぁまぁ、遠慮せずに遠慮せずに！ お互い、全力で殴り合った仲ですよね⁉ 昨日の敵は今日の友ですよっ！ さぁさぁさぁ！」

こういうことをやらせると、人懐っこいムードメーカーなマリアの独壇場であった。

もうなし崩し的に、サクヤ達も参加させられる流れである。

「おやおや、帝国の皆に、決勝進出おめでとうと言いにきたんだけど……なんだか面白いことになってるみたいだね？」

「あれ⁉ アディルさん達⁉ いつの間に⁉」

そこに、第一回戦で戦ったハラサの代表選手、アディルとエルシードも現れて。

「ところで、その記念撮影……僕達も参加ＯＫかい？」

「もっちろんＯＫですよっ！ 大歓迎っ！」

「ちょっと、アディル……何を勝手に……わ、私は別に……」

「まぁ、いいからいいから。こういうのは楽しんだもの勝ちさ」

渋るエルシードを、アディルが宥めて。

「そんじゃまー、皆、外に移動しましょーッ！」

マリアの音頭で、一同がぞろぞろと部屋の外へと移動を開始する。

「は。まったく……揃いも揃って、暇でおめでたい連中だわ」

「ほら！　イヴさんも行こうぜ⁉」

「ええ！　せっかくの機会ですしね！」

「えええっ⁉　ちょ、ちょっと、貴方達、引っ張らないで――ッ⁉」

当然のように残ろうとするイヴも、カッシュやウェンディに強制連行されていく。

グレン、システィーナ、ルミアが顔を見合わせあって、苦笑いして。

リィエルがきょとんと目をぱちくりさせて。

そして――

「はいはーい、撮りますよーっ！　皆、もっと寄ってくださーい！」

そして、セリカ＝エリエーテ大競技場前、大広場にて。

陽光眩く降り注ぐ競技場の、白く雄大な姿を背景にして。

一同が思い思いのポーズで、思い思いに並んでいる。

ある者は、笑顔で。

ある者は、すまし顔で。

ある者は、呆れ顔で。

そんな一同の中心には、面倒臭そうなグレンや不機嫌そうなイヴ、楽しげなルミアや、気恥ずかしげなシスティーナ、いつも通り眠たげで無表情なリィエルがいて。

「はいはいはーい、セット完了～っ！」

三脚の上に載せた射影機の、ゼンマイ式自動撮影機能を操作したマリアが、とととととっと、一同の下へと駆け寄って来て……

「えーいっ！」

「わぁ⁉　ちょ、ちょっと、マリアーーッ⁉」

強引に、システィーナとグレンの間に割って入ってきたタイミングで――

――カシャ。

…………マリアの軽いノリで始まったこの催しは。

彼らの青春の一頁を、小さく切り取ったこの写像画は。

彼らにとってかけがえのない、一生の宝物となるのであった——


…………。


——その夜。

ミラーノ郊外にある森林の中にて。

「ごっみそうじ～♪　ごっみそうじ～っ♪　～とっ」

べったりと塗り潰したような暗闇の中を、楽しげな少女の声が場違いに響く。

ポニーテールを揺らしながら、少女が森の中を歩いている。

足音軽く落ち葉を踏み荒らすその少女の足取りに、迷いや恐怖は微塵もない。

その少女は明かりもない獣道を、陽気な歌交じりに歩いて行く。

「おっしごと～♪　おっしごと～♪　ごっみそうじ～の～おっしごと～♪」

そんな奇妙な少女の名は——イリア＝イルージュ。

かつて、帝国宮廷魔導士団特務分室執行官ナンバー18《月》を騙っていた、凄腕の幻惑の魔術師である。

現在、帝国軍では行方不明扱いされている彼女が――こんな時間に、こんな森の中を楽しげに散策していた。

「まったくもぉ～、アーチボルト枢機卿一派も人が悪いなぁ～、ファイス司教枢機卿とフューネラル教皇の暗殺実行犯達を、こんな辺鄙な場所に隠しておくなんてねぇ？」

楽しげに微笑みを浮かべながらも、イリアの目はその周囲を冷たく見据えている。

イリアほどの位階の魔術師の霊的な視覚ならば、わかるのだ。

この近辺は、人払いと隠蔽結界が、何重にも巧妙に張られていることが。

並の一流程度の魔術師では認識すらできないその高位結界を、イリアは術式に手をつけることすらなく、ひょいひょいとかわして、さっさと奥に進んでいく。

「ありゃりゃ……これは、天の智慧研究会の高位階外道魔術師達が、よく好んで使う系統術式ですね～？　ぷっ、アーチボルトさん、真っ黒だぁ♪」

そんな風に、イリアは森の木々の間を、あっちこっちジグザクに通り抜けていく。

「ま、この隠蔽術式は、かなりのものですけど……私クラスの幻術士を騙すにはまだまだって感じですかな～？」

やがて……森の木々の向こう側に、一軒の屋敷が見えてくる。

その屋敷の窓からは、明かりが小さく漏れていた。

「さって、お掃除開始しますか！　今、あの生臭坊主達が殺されて、帝国と王国で戦争を起こされたら、愛しの我が主殿が困っちゃいますからね～」

――と、その時。

イリアがふと、足を止める。

「……え？」

感じたのだ。

恐らくは、その屋敷の内部から漏れてくる……血の臭いを。

よくよく見れば、本来固く閉ざされているべき屋敷の玄関扉は、半開きであった。

「…………」

先程までのふざけた様子はどこへやら。イリアはどこまでも氷のように冷えきり冴え渡った魔術師の顔となって、慎重に屋敷の扉へと近付く。

……途端、血の臭いが一気に濃くなる。

（一体、何が……？）

そして、イリアが油断なく身構えながら、屋敷の扉を開く。

イリアの眼前に展開された、その玄関広間の光景は——

「やぁ、待っていたよ……イリア＝イルージュ……」

ホール奥の階段に、足を組んで杖を突き、優雅に腰掛ける青年の姿。

そして——ホールの床に散らばる血、死体、血、死体、血、死体、血——

イリアを小粋に出迎えたのは、見るも無惨な地獄であった。

「貴方は……ジャティス……ッ！　元・特務分室執行官ナンバー11《正義》のジャティス＝ロウファン……ッ!?」

「おや？　僕のことをご存じだったかな？　あっはっは、なら話が早い。実は僕……君と一度、ゆっくり話がしてみたかったんだ……ねぇ？　イグナイト卿の走狗」

その青年——ジャティスは山高帽をかぶり直し、フロックコートをばさりと鳴らして立ち上がり、イリアを歓迎するように両手を広げるのであった。

対するイリアは、突然遭遇した予想外の相手に、微かに硬直するが……

やがて。

「はぁ〜〜〜……面倒くさ……」

超特大の溜め息を吐くのであった。

「狂人の貴方と話すことなんて何もありませーん。私にとって重要なのは、貴方が、愛しの我が主殿(マイ・ロード)が危険視している危険人物ってことだけでーす」

「おやおや、嫌(きら)われたものだねぇ？　イグナイト卿も、一時は結構、僕のことを高く買ってくれていたのにねぇ？　ちょっと、顔に泥(どろ)を塗っただけでこれだよ」

「……我が主の敵は、私の敵でーす。と、いうわけで、ちょっと予定変更(へんこう)ですけど、暗殺者さん達の代わりに、貴方をお掃除しちゃいますね？　ジャティスさん」

あっさりと、にこやかにイリアがそんなことを言う。

「ふふっ、暗殺者さん達をお掃除してくれた手間賃に、苦しまないよう楽に殺してあげますからね？」

「くっくっく……」

すると。

ジャティスがおかしそうに、笑い始めた。

「……何がおかしいんですか？」

「悪いことは言わない。……やめときなよ」

見下し、嘲弄(ちょうろう)するようなジャティスの言葉に、イリアが目を細める。

「君の固有魔術(オリジナル)……ああ、えーと、確か【月読ノ揺リ籠(ムーン・クレイドル)】だっけ？　世界改変支配と絶対精神支配の幻術……」

「あややや……？　詳しいんですね？　ストーカーさんですかぁ？　こわーい」

「一見、無敵の魔術のようだけど、実は言うほど万能じゃない。……その術は、僕には効かないよ」

「！」

一瞬、目を険しく細めるイリアに、ジャティスが得意げに説明をする。

「まず、世界改変支配……素人でもわかることだけど、世界を騙して事実をねじ曲げるなんて、深層意識領域と魔力のバカ食いもいい所さ。世界改変中は、常に湯水のように魔力を消費しつづけ、脳の深層意識領域を圧迫する……それは、ねじ曲げた事実が現実から乖離すればするほど大きくなる。……それを使用した状態では、本体はまともな戦闘行動なぞ取れやしない……今までは上手く誤魔化してきたみたいだけどさ」

魔術とは、大原則として、魔導第一法則『等価対応の法則』に依るものだ。

呪文による連鎖関連づけによって、魔術式を励起激発し、自己の深層意識領域を改変する。結果として、その深層意識領域に対応する世界法則へ介入し、世界に変化をもたらす……魔術とはそういう技術だ。

呪文による自己変革に必要な深層意識領域が足りなければ、当然、魔術は使用不可能なのである。

「次に、絶対精神支配の方だけど……ああ、これは少し厄介かな？　君自身は雑魚だけど……やりようによっては、格上相手にも充分通用するだろうね。それもまぁ、僕に対しては無意味なわけだけど」

　すると。

「ぷっ……あははは……あっははははははははははははーーッ！」

　そんなジャティスの訳知り顔の解説を聞いていたイリアが笑った。

　心底おかしそうに笑った。

「何がおかしいんだい？」

「いえ、何、その……ジャティスさんって、軍で怖がられてるほどじゃないなって」

　目元の笑い涙を拭いながら、イリアが言った。

「皆が、怖い、ヤバい、関わるなって、すっごく面白い顔しながら言ってるから、どんなに危ない人かなって思ってたんだけど……ぷぷっ、そんなレベルだったんですねっ？　喧嘩を売るなら、もっと相手を選んだ方がいいですよぉー？」

　そんな人を小馬鹿にする態度が気に障ったのか。

「ふん、この糞餓鬼が……大したことない三流のくせに、口だけは達者だなぁ」

　突然、雰囲気を変えたジャティスが、不機嫌そうに言った。

「はっ！　仕方ない……いいよ、君と僕との格の違いというものを教えてあげるよ」

「うわ、だっさ！　死亡フラグですよ？　それ」

途端。

両者の間に、殺気が張り詰め――即・暴発。

「先輩に対する口の利き方を知らないガキは、僕が再教育してあげよう……くらえッ！」

ジャティスが不意に両手を払う。

その手袋から周囲に散布される、疑似素粒子粉末――それに応じて、人工精霊の天使達が、イリアの周囲を囲むように大量に召喚されていく。

「ひゃははは！　死ねぇえええええええええええーーッ！」

ジャティスが手を上げて号令をかけると。

偽りの天使達が槍や剣を構え、四方八方からイリアへ一斉に飛びかかっていった。

逃げられない。イリアは間違いなく串刺しにされる――

だが、そんな時、イリアは眼前のジャティスを無視して、くるりと振り返り、背後の何もない空間を指差す。

「はーい、【月読ノ揺リ籠】！　おしまいっと！」

イリアの指先に、白い光が灯り――

その瞬間、全ての人工精霊達が、空中でピタリと動きを止めた。

——イリアの正面にいたジャティスすらも。

「〜〜〜ッ⁉」

「まったくもぉー……《だから言ったのに》」

イリアが、ぱちんと指を打ち鳴らす。

すると、黒魔【ディスペル・フォース】……魔力相殺の術が起動される。

白光を灯すイリアの指が差し示す何もない空間に、密かに隠れていた者が姿を現す。

その人物は——

「そ、そんな……ッ⁉　な、なぜだ……なぜわかった……ッ⁉」

驚愕に目を見開き、額に冷や汗を浮かべるジャティスであった。

イリアの【月読ノ揺り籠】の絶対精神支配が完全に決まり、ジャティスは最早、指一本動かせないらしく、無様に硬直した間抜けな姿を晒していた。

「人工精霊でしょ？　さっきまで、私が話していたジャティスさんは」

「——ッ⁉」

その言葉を証明するかのように、さっきイリアの正面で会話していたジャティスは、人形のようにその動きを止めていた。

「それに、貴方は予知に近い行動予測が可能なんだっけ？　でもさ、その予測した結果それ自体が、私の幻術が生み出したまやかし……そうは考えられなかったの？　ん？」

「なぁ――ッ!?」

今、はっきりとジャティスの表情が青ざめる。

「ま、まさか……ッ!?　世界改変!?　幻術で僕の認識を書き換えたのかッ!?　君の幻術はそこまで……ッ!?」

「うっふっふっー、はーい、ちょっと楽にしててくださいね～？」

イリアが短剣を引き抜いて、ジャティスにトコトコと歩み寄っていく。

「えーと、ここと、ここと、ここにもあるんですよね？　見えない刃」

「……ぐッ!?」

ジャティスを守る最後の砦――空中に配置していた【見えざる神の剣】も、イリアはひょいひょいとかわして、ジャティスへと近付いていく。

そして、イリアが動けないジャティスの正面に立って――

「じゃあねー？　ジャティスさん。はい、ちくっとしますよー？　がまんです～」

笑顔のまま、短剣を振り上げて――

「ば、馬鹿な……こんなところで、この僕が……ッ！　この僕があああああああああ

ああああああああーーッ⁉」

もう、どうすることも出来ないジャティスが、絶望の悲鳴を上げて——

イリアが、ジャティスの心臓目掛けて、短剣を振り下ろす。


ぱっ！

血煙が上がった。


「……え？」

……ぽかんとしている、イリアの身体から。

「……え？　えええ……？　何……これ……？」

がくん、と膝を折るイリア。その手から短剣が力なく零れ落ちる。

見れば——己の胸部が真横一文字に深く切り裂かれている。

気付けば——動けないはずのジャティスが、仕込み杖から抜いた細剣を、嫌味なほど堂に入った格好で一閃し、仰々しく残心していた。

「……とまぁ、ここまで〝読んでいた〟よ」

ひゅっ！　と刀身についた血を払って、剣を杖の鞘へと納めるジャティス。

「どう？　さっきからの僕のこの三下ムーブ……アルベルトにも負けない演技派だったと思うんだけどなぁ？　実は僕、こないだ、旅費稼ぎにとある劇団でバイトしてねぇ？　経験に勝る財産なしとはよく言ったものさ……いやぁ、いい勉強になったよ」

含むように笑いながら、ジャティスが血塗れで蹲るイリアを見下ろす。

「それにしてもこの居合い斬り？　だっけ？　こっちも、たくさん練習しておいてよかったなぁ……なにせ、東方の剣技は華麗で格好良いからね……ばっちり決まって大満足さ……くっくっく……あ、知ってるかい？　居合い斬りって、慣れないうちは親指の付け根をよく切っちゃうんだ……ほら見てよ、痕になっちゃってさぁ？」

ペラペラペラペラどーでもいい世間話を続けるジャティスを前に。

「げほっ……ごほっ……な、なんで……？」

信じられない……そんな表情をありありと浮かべ、イリアが狼狽えきりながら問う。

「う、嘘です……こんなのありえない……私の【月読ノ揺リ籠】は、確実に貴方に決まっていたはず……ッ！　私がこの屋敷に入った、あの時から……ッ！」

「…………」

「なのに、なぜ……？　なぜ、効いてないんですか……ッ!?」

そんなイリアの悲鳴に近い言葉に。

「だから、最初に言ったじゃないか……〝僕には通用しない〟って」

ジャティスがやれやれと肩を竦めながら応じた。

「固有魔術【ユースティアの天秤】……僕の目は、この世界のあらゆる事象を、数字と数式で取得する……」

イリアを見下ろすジャティスの目には、数字が洪水のように躍っていた。

「僕が視ているのはこの世界じゃない。この世界を構成する数字だ。……幻術なぞ効くわけないだろう？　なにせ、数字は嘘を吐かない……君が幻術で見せる虚構やまやかしなんて一目でわかる。わかれば無視できる……精神支配すらね」

「う、ぁ……ぁあぁ……」

「まぁ、つまり……アレだ。僕は君の天敵ってやつさ」

がたがたとイリアが震える。

身体に力が入らない。完全にやられた。

見誤った。自惚れていたのは——自分だった。

脱兎のごとく逃げるべきだった。こんな怪物、相手にしてはならなかったのだ。

ジャティスのまるでゴミを見るような目が、イリアを覗き込んでくる。

殺される。

自分はここで死ぬのだ。目的を果たせずに——

（……は？　私、死ぬの？　こんなところで？　じゃ、じゃあ……私は一体、今まで、なんのために……？）

ぞくりと感じた恐怖と絶望に、イリアはもう居ても立ってもいられなかった。

「や……やだぁああぁーーッ！　やだやだやだぁーーー……ッ！」

座り込むイリアが、ぼろぼろ泣きながら、顔をぶんぶん振って懇願する。

「お、お願いします……ッ！　助けてください……命だけは……ッ！　見逃してください……ッ！　なんでもします、なんでもしますからぁ……ッ!?」

祈るように手を組み、縋るようにジャティスへ命乞いする。

この男がそんな甘いことを許すわけない……それを理解しつつも、イリアは命乞いをせずには居られない。

こんなところで死ねない。まだ、死ねないのだ——

だが……意外にも。

「おやおや……ちょっと怖がらせてしまったようだねぇ？」

くっくっく、と。ジャティスは肩を竦めておどけて見せた。

「別に……君をどうこうするつもりは、僕にはないよ」

「だから、これも最初に言ったろう？　〝君と話がしたかった〟と。殺すだのなんだの、そんな物騒なこと、君が勝手に盛り上がっていただけじゃないか。違うかい？」

「……………え……？」

「……あ……う……」

「でさ、あのイグナイト卿の下で走狗として動く君のことを、今、色々と読んでみたわけだが……なるほど、やっぱり君は面白い……グレンほどじゃないけど。ふっ、そういうの嫌いじゃない」

そう言って、がたがた震えるイリアの肩をぽんと叩いて放置し、ジャティスは踵を返して、屋敷の玄関口から立ち去っていく。

「だから、今日は先輩として、君に激励を贈りに来たんだ。応援してるよ、イリア。人の想いは力さ。強く信じて真っ直ぐ突き進めば……いつかきっと願いは叶う」

そう言い残して。

ジャティスは本当に、その場から完全に立ち去っていくのであった――

「…………」

しばらくの間……イリアは放心したように、ジャティスの去った方を見つめて。

やがて、突然、我に返ったように、拳で床を叩くのであった。

「……狂人めッ……ッ⁉　お前に、私の何がわかる……ッ⁉　クソッ！」

ただ、屈辱と惨めさをかみしめ、イリアはぼろぼろと涙を流した……

「……ね、姉様ぁ……わ、私は……私はぁ……ッ！」

そんなイリアの嘆きと慟哭を聞く者は……誰もいなかった。


「……ただいま、二人とも」

闇の森の中を庭のように散策するジャティスが、ふと足を止める。

その先に、二人の人影があった。

白い戦衣を纏う天使の少女と、闇色のコートを纏った青年……ルナとチェイスだ。

「貴方って、本当に最低最悪の屑ね、ジャティス」

開口一番、ルナが汚物でも見るような冷ややかな目でジャティスに言い放つ。

「おやおや、これはこれはなんとも心外な……僕はただ、仕事ついでに、後輩に〝挨拶〟と〝激励〟をしてきただけなのにさ」

「ふん……そうやってまた、自分の目的のために、あの子も利用するのでしょう？」

「なんと！　君には僕がそんな酷い男に見えるのかい？　哀しいなぁ」

どの口が言うか……と、ルナの表情はもう噴火寸前であった。

「ジャティス＝ロウファン。幾つか聞きたいことがある」

すると、加熱しかけたその場へ、冷や水を浴びせるようにチェイスが口を開いた。

「君は一体、何を企んでいる？　君はアーチボルトの盟友ではなかったのか？　アーチボルトの目的を達成するために協力しているのではなかったのか？　……なぜ、アーチボルト子飼いの暗殺者達を殺した？」

「子飼いじゃない。彼らは天の智慧研究会……つまりは予定通りさ」

ジャティスが肩を竦めて応じる。

「彼らとはここで手を切る。まぁ、組織への体面的には、アーチボルトと組織の思惑を妨害する、謎の第三者が現れたって感じかな？　僕達は、かの組織すら出し抜くのさ……くっくっく……なんだったら、アーチボルトに直接問い合わせてみればいい」

完全に猜疑心の塊の目で、チェイスが続ける。

「二つ目。あの少女……イリアと言ったか……なぜ、あの少女を見逃した？　もし、お前の存在が、帝国の連中に漏れたら……」

「安心しなよ。彼女は、必ず僕のことを伏せて、イグナイト卿へ報告する。己が目的のため、あの場の戦果を自分のものにする。せざるを得ない。彼女はイグナイト卿に対して、決して無様を晒せない、完璧であらねばならない……〝読んでいる〟よ」

「…………」

確信に満ちたジャティスに、チェイスは最後の疑問を口にする。

「三つ目だ。アルザーノ帝国代表選手団のことだ。君達が目的を達成するならば、明日の首脳会談を待たずに……今日の日輪の国との試合で、帝国を敗北させた方が話が早かったはずだ。なぜ、僕やルナを使って、帝国側の妨害をさせなかった？」

「ん？　なぜって……そりゃ」

すると、ジャティスがそれこそ意外だとばかりにきょとんとした。

「君達は、〝試合を妨害する件から手を引く〟と、グレンに誓ったんだろう？　なら、君達にそんなことをさせるわけにはいかないじゃないか」

「……ッ！」

駄目だ、わからない。

チェイスも、ルナも、心底このジャティスという男がわからない。理解できない。

ジャティスの抱える闇は――あまりにも深過ぎた。

「安心しなよ……全ては予定通り」

そんな二人を翻弄し、嘲笑うようにジャティスが森を奥へと歩いて行く。

「さぁ、始めようか……明日はいよいよ本番……ここからが大詰めさ。さて、最後に笑うのは誰かなぁ？」

暗闇の中、闇より深い闇そのものの男が、昏く楽しげに笑うのであった──


日輪の国との激闘が終わった、その夜。

アルザーノ帝国代表選手団が宿泊している貴族城館のような高級ホテルにて。

そのホテルは、なんと、上水道で近場の温泉源からお湯を引くという、なんとも贅沢な仕様であり、その温泉を楽しめる大浴場が敷地内に設けられている。

しかも、現在、この高級ホテルはアルザーノ帝国の貸し切りだ。

──と、いうわけで。

「本当に、何度見ても凄いわねぇ〜〜ッ！」

試合の疲れを癒やすため、一糸纏わぬ姿となった女性陣が、この大浴場へと参上つかまつった次第であった。

今、彼女達の前に広がる光景は、大理石の床、煌びやかな彫刻によって形成された、広大な露天風呂だ。ホテル城館の敷地内の一部を贅沢に使って設けられたその露天風呂は、まるで大海のように広い。

たっぷり張られた湯面から上がる圧倒的な熱気、立ち上る湯煙が視界を白く霞ませ、夜の星空の下に、なんとも幻想的な光景を演出する――

「うーん……やっぱり、試合の後のお風呂は最高だわ！」

「ふふ、お疲れ様、システィ」

ん～っと、伸びをしながら湯に身を沈めるシスティーナに、のんびり微笑むルミア。

「ん」

「お、泳いじゃ駄目だよ、リィエル……」

お風呂の真ん中で、ばしゃばしゃ犬かきをするリィエルを、エルザが苦笑いで窘めて。

「お背中流しますぜ！　リゼ姐さん！」

「わたくしはその御髪を！」

「あらあら、それじゃ……二人にお願いしちゃおうかな？」

コレットも、フランシーヌも、リゼも。

「……うふ、うふふ……システィの肌って白くて綺麗だね……？」

「ちょ、エレン!?　貴女、なんか、さっきから妙に近くない!?」

どこかとろんと妖しい雰囲気のエレンも。

「とってもいい湯なんだけど……え、えと……わ、私達まで……い、いいのかな……？」

「確かに、少し肩身が狭いですね……私達、応援組ですし」

「気にすることありませんわ。せっかく、招待されたんですし」

リン、テレサ、ウェンディも。

「そうそう、気にしたら負けですよー、そこの魔術学院の皆さん……ぶくぶくぶく」

少し離れた所で、お湯に顔下半分まで浸かっているジニーも。

「はぁ……もう今さらって感じよ。どうにでもなれだわ」

ここまで強引に引っ張られて来られて、やけになっているイヴも。

誰もが、それぞれ個性的に艶めかしいラインを描く肢体と、張りと艶のある瑞々しい肌を、惜しげも無く湯煙の中に晒して温泉を楽しんでいた。

そこは、まさに楽園。

湯煙と肌色、艶美なる女体の造形美が織りなす神秘と芸術の世界であったのだ。

皆がきゃっきゃっと姦しく騒ぐ、賑やかで華やかな光景の中で。

ルミアがのんびりとお湯を楽しんでいると……

「お疲れ様です、ルミアさんっ！」

今、ちょうど身体を洗い終えたマリアが、ルミアの隣に入ってくる。

そして、ルミアの胸部にある豊かな膨らみを、不躾にまじまじと見つめながら、羨ましそうに言った。

「うわぁ～、やっぱり、ルミアさんの胸、すっごいなぁ～ッ！　いいなぁ～ッ！　これくださいよぉ！　ペタンコな私に少し分けてくださいよぉ！」

「も、もう、マリアったら……」

相変わらずハイテンションでベタベタしてくるマリアに、ルミアが困ったように苦笑いしていると。

「あれ？」

ルミアはふと気付く。

「どうかしましたか？　ルミアさん」

「ええと、その……マリアの肩……？」

「ああ、この変な痣ですか？」

マリアが自分の細い左肩にある、Ｚの字を一筆書きで何度も重ねたような奇妙な紋様を見る。

「なんか、コレ……昔から身体を温めたり、魔力を高めたりすると、ぼんやり浮かんでくるみたいなんですよね……別に、痛くも痒くもないから気にしてませんけど」

「…………」

それは……なんとなくだった。

なんとなく、ルミアはその紋様の象形に何か不吉な物を覚え、一応、システィーナに相談しようと、振り返る。

すると。

「ちょ――エレン⁉　それ、本当にマッサージなんでしょうね⁉」

「マッサージだよ～、システィの疲れを完全に取ってあげるね？」

いつの間にか湯から上がっていたシスティーナが、顔を真っ赤にして、大理石の床に敷かれたマットの上に俯せに寝かされている。

その傍らでは、エレンがちょこんと腰掛け、手にオイルの瓶を持ち、わきわき厭らしく動く手にオイルをたっぷりと取っていた。

「な、なんか、オイルの量、多くない⁉」

「大丈夫、大丈夫」

「ちょ、ちょっと、エレン⁉　なんで自分の身体にも、そんなにオイル塗りたくりまくってるの⁉　その行為に一体、何の意味が⁉」

「大丈夫、大丈夫」

「大丈夫じゃなーい⁉　それは絶対、違う何か――」

嫌な予感に、システィーナが慌てて逃げようとするも。

それよりも早く、エレンがシスティーナの背中に覆い被さって……

「きゃあああああああーーッ⁉　誰か助けてぇえええええええーーッ⁉」

「大丈夫、大丈夫……これはマッサージ……マッサージだから……ね？」

そんな、姦しい親友の様子に。

「……後でいいかな」

ルミアは苦笑いで、見守るのであった。

——一方その頃。

「…………」

「…………」

「…………」

ホテル内の談話室にて。

アルザーノ帝国の男性陣の間は、奇妙な沈黙が支配していた。

本を読む者、ソファーに寝そべる者、それぞれくつろいではいるが……落ち着かない。

距離的に、この談話室と外の露天風呂の敷地はそう遠くないらしく、開け放たれたテラスから姦しい女性陣の悩ましげな遠い喧噪が、微かに届いては耳をくすぐっていた。

「………」

「………」

「………」

沈黙、沈黙、奇妙な沈黙。

やがて、その無限にも続くかと思われた沈黙を……

がたっ！　と、不意に立ち上がったカッシュが破っていた。

「……俺は、行くぜ」

そんなカッシュに、ギイブルが釘を刺す。

「大体想像つくが、やめとけよ」

「いや、俺は行かなければならない……」

そして、カッシュは決死の最前線に赴く覚悟を固めた兵士のような表情で言った。

「考えてもみろ。今、露天風呂に集う面子を。我等が誇り高きアルザーノ帝国各地から奇跡のように結集した、超絶美少女達ばかりなんだぞ？　連綿と続く帝国史の中で起こった神の悪戯……こんな奇跡が、こんな楽園が、今、この時を除いて、これから先、二度あると思うのか？　今、覗かずして、いつ覗くんだよ……ッ⁉」

「だが――同時に、掛け値なしの地獄でもある」

ギイブルが、ぞわりとこみ上げる寒気を抑えるように返す。

「今、あの露天風呂に結集する戦闘力を単純計算してみろよ……正直、悪夢以外の何物でもないぞ。死地だ。外宇宙の邪神か何かを相手する方がよっぽどマシだ。……覗きなんて興味ないが、単純に生存本能的な意味で関わりたくない」

「確かに、そうかもしれない……」

そう言って、カッシュは俯くが……すぐにカッ！　と顔を上げて叫んだ。

「だが、それでも男には戦うべき時があるッ⁉　違うか⁉」

「⁉」

「ここで逃げたら俺……一生、何かと理由をつけて逃げ続ける人生になってしまう……そんな気がするんだ。駄目だ……そんなの絶対、駄目だッ！　逃げちゃ駄目なんだッッ！

俺は自分自身から逃げるわけにはいかないんだッッッ！」

「カッシュ……」

「自分自身と戦うことこそ……不可能へと挑戦してこそ、真の魔術師じゃないのか……ッ⁉　そうだろう⁉　違うか⁉」

そう熱く魂を燃やすカッシュに。

「アホか、君は」

ギイブルやハインケルは興味ないねと本にあっさり視線を戻し、ソファーに寝そべるジャイルは付き合ってられんと寝に入る。セシルはただおろおろしているばかりだ。

だが――

「いや、確かに、貴方の言う通りだ」

――レヴィンだけが、威風堂々と立ち上がっていた。

「レヴィン……お前……ッ⁉」

「確かに……そんなことは不可能だと、僕も思っていましたよ。今、ここで動くのはただの愚者の所業。諦めることこそ賢者の思慮だとね。だけどそれは……」

レヴィンが悔しげに拳を握り固め、悔恨するように吐き捨てる。

ぎり、と。

「つまり、僕は、最初から精神的に屈していたということだ。このクライトスの名を背負うこの僕が、戦わずして負けを認めていたんだ……ッ！　そんなことは許容できない……誇り高きクライトスの名にかけて……ッ！」

「レヴィン！」

「そうだッ！　挑戦せずして……不可能へと挑まずして何が魔術師か！　何がクライトスかッ！　ありがとう、カッシュ君。僕は戦わずして負け犬に堕するところでした」

すっと、レヴィンがカッシュへと手を差し伸べる。

「負け犬の賢者に甘んじるくらいなら、僕は喜んで勝利を目指す愚者となりましょう」

「……ああ！　俺もだ！」

がっし！　と、レヴィンの手を取り、固く握手するカッシュ。

今、ここに血肉を分けた以上の熱い友情が誕生するのであった――

（……なんだこいつら？）

半眼となるジャイルの前で。

カッシュとレヴィンが意気揚々と、テラスから外へと出て行く。

露天風呂が作られている敷地の一角を目指して――

「ふっ、足を引っ張らないでくださいよ？」

「へっ……足りない物は、気合いと熱意でカバーするさ」

こうして。

彼ら二人の、不可能への飽くなき熱き挑戦と死闘が始まるのであった――

――。

――まぁ、結果はお察しの通りだが。

不可能は、不可能であるがゆえに、不可能というのであって。

ちゅどぉおおおんっ！　どかぁああああんっ！　バリバリバリーーッ！

「ぎゃあああああああああああああああああーーッ!?」

ホテルの敷地内から、魔術の炸裂音と男子二人の悲鳴が上がるのであった。


「……ん？　なんだ？」

外から微かに聞こえてきた騒音に、自室に籠もっていたグレンが首を傾げる。

「……気のせいか？　ま、いっか」

机に広げている資料は、明日の対戦相手――レザリア王国の代表選手団のデータだ。

グレンはそれを念入りに熟読し、どうしたものかと対策を考えている。

「やっぱり、このマルコフ＝ドラグノフが頭おかしいくらい突出してるな……アディルといい、サクヤといい……本当に才能のデパートだな、この大会は」

やはり、明日の試合もシスティーナが要となるのだろう。

そんなことをグレンが考えていると。

どたたたた……

部屋の外の廊下から、何者かが走ってくる音が聞こえてきて……

ばぁんっ！　不意にグレンの部屋の扉が強引に蹴り開けられる。

「グレン先生ッッッ！」

「……げ。フォーゼル……生きてたのかよ……」

息せき切って現れたのは、ミラーノにやって来て以来ずっと音信不通であった、アルザーノ帝国魔術学院魔導考古学教授、フォーゼル＝ルフォイ＝エルトリアであった。

「何をぐずぐずしている⁉　さぁ、行くぞッ！」

フォーゼルは、ずかずかと無遠慮にグレンの部屋の中に踏み入ってくると、むんずとグレンの後ろ襟首を引っ摑んで、引き摺って連れて行こうとする。

「ごへぇ⁉　だぁあああ⁉　な、何しやがる⁉」

「決まっているだろう⁉　君の力が必要だと言っている！　来い！」

「はぁ⁉　一体、なぜに⁉」

すると、フォーゼルが面倒臭そうに懐から一枚の紙を取り出し、それを不躾にグレンの鼻先へと突きつける。

紙には何かを写し取ったと思しき、紋様が描かれていた。

それは……Zの字を一筆書きで何度も重ねたような奇妙な紋様であった。

「これでわかったろう？　さぁ、行くぞ！」

「ふざけんな、欠片もわかんねえよ⁉　つーか、俺は今、やることがあるんだよ⁉　てめえに付き合っている暇なんざ微塵も──ッ！」

「ふっ！　この僕が人の都合を気にするようなマトモな人間だとでも⁉　君の都合なんかどうでもいいんだッ！　僕の都合さえ良ければ、それでいいッッッ！」

「どやかましゃ、このドグサレ野郎ォオオオオーーッ！」

「ぬぉわあああああああああああああああああああああーーッ⁉」

グレンはくるりと身を翻して、フォーゼルの手を外し、そのままフォーゼルを投げ飛ばして壁に叩き付けるのであった。

──十分後。

「……あー？　要するにあれか？　この街で凄い遺跡……しかも未探索領域を見つけたから、今からその探索に付き合え……と？　そういうことか」

落ち着いて事情を聞いたグレンが、盛大な溜め息を吐く。

「そうだ。善は急げ、兵は神速を尊ぶ。常識だろう？」

どーん。それ以外に何があると言わんばかりに、腕組みして威風堂々と胸を張るフォーゼルであった。

「大体、魔術祭典と遺跡探索……どっちが大事かくらい、君にもわかるだろう？」

「ああ、普段、ロクでなしだのなんだの散々言われるが、俺でもわかるわ、そんなん」

「そうだろう？　なら、早速準備したまえ！　すぐに出発する！」

「だぁああああああーーッ!?　どうしてそうなるんだよ!?　てめえの頭ん中身はどうなってやがる!?」

喧々囂々と言い争いを続けるグレンとフォーゼル。

「まったく、我が儘なやつだな、君は！　大人げないッ！」

「どっちがだよ、三十七歳ッ!?」

「仕方ない……そういうことなら取引と行こうじゃないか」

「……取引？」

まーた、どうせロクでもないことだと身構えるグレンへ、フォーゼルが言った。

「僕が、君から預かっていた『アリシア三世の手記』あるだろ？　写本だが」

「おう。それがどうかしたか？」

「終わったぞ、解読。このミラーノの遺跡調査の片手間にな」

「……は？」

「ふっ、僕に協力してくれるなら、その手記の読み方を教えてやろう。というか、元々そういう約束だったと思うのだが？」

しばらくの間。

グレンは、きょとんと呆けるしかなくて……

「な、何ぃいいいいいいいいいいいいーーッ!?」

時間差で素っ頓狂な声を上げるしかないのであった。

「え!? マジで!? えええええ!? マジで!?」

以前、アルザーノ帝国魔術学院の裏学院校舎にて、メイベル――アリシア三世が告げた言葉が思い出される。

――グレン先生。この世界には……この国には、やがて破滅が訪れます。

――もし、貴方がやがて来たる破滅の時に抗おうとするのなら……貴方は、〝真実〟に近づかなければなりません……

――この国の成り立ちと、王家の血の秘密について。そして、フェジテの空に浮かぶ『メルガリウスの天空城』と禁忌教典について。生前のアリシア三世は、彼女なりにそれらに近づいた一端の記録を、この私……『アリシア三世の手記』に記述したのです。

「マジ……かよ……」

否応なくグレンの喉がごくりと鳴る。

グレンが魔術学院の講師になって……今まで色々な不可解なことがあった。

ルミアの異能。

ルミアを執拗に狙う天の智慧研究会。

『Project : Revive Life』。

古代遺跡、魔将星、炎の船、白銀竜、正義の魔法使いの伝説――枚挙に暇がない。

そして――禁忌教典。

一つ一つはバラバラでも……よくよく考えてみれば、それらが何かとてつもなく悍ましい物に起因しているだろうことは、容易に想像がつく。

今、その数々の謎の一端が明らかになる……そんな事実に、グレンは興奮のような畏れのような奇妙な感覚を覚えていた。

「わぁーったよ、協力してやるよ……ったく。だが、探索は明日の決勝戦以降にしてくれねーか？」

「む？　なぜだ？　僕は今すぐでも構わないが？　むしろ、今すぐGOッ！」

「バカ野郎、古代遺跡の未探索領域なんだろ？　ちゃんと準備しねーと命が幾つあっても足りねーよ。それくらいアホのお前でもわかるだろうが。死んだら論文は書けねえぞ」

「…………」

すると。

流石のフォーゼルも、一応納得したらしい。

「成る程、一理ある。ふっ……未知なる神秘を前に、少々気が逸っていたようだ」

そう言って、懐から一枚のメモを取り出し、グレンへと差し出す。

そこに書かれていたのは……

「……魔術式？　なんだこりゃ？」

「言ったろう？　その手記の読み方を教える、と。まぁ、君は信頼できる男だ。特別に先払いしてやろう」

フォーゼルがグレンの反応に、にやりと笑う。

「我がエルトリア家に伝わる秘伝の暗号術はな、そこいらの暗号とはわけが違うのだよ。普通の暗号は、書き手が出力した文章情報を秘匿するだけの代物に過ぎない」

「当たり前だろ。何を言っているんだ？」

「だが、我がエルトリア家の暗号は、書き手の感情と記憶、その全てを出力し、隠匿する……暗号文章の中に一つの小世界を構築するのだ。つまり、暗号の解読者は、文字通り、その書き手の人生を追体験するのだよ」

「は？」

「ゆえに！　エルトリア暗号の解読とは、この追憶の小世界にアクセスする鍵式を、割り出して構築する作業に他ならん。……まぁ、エルトリア秘伝のコツがあるので、僕以外にそれを出来る者はいないだろうけどな！　ふはははは！」

「ま、まじかよ……」

グレンは懐から『アリシア三世の手記』の原本を取り出し、それを眺めた。

「まぁ、わかると思うが、内容を追体験できるのは原本だけだ。写本じゃ鍵式を作るまでしかできん。つまり、僕も手記の内容はまだ知らん。何が書いてあるのか……なぜ、アリシア三世とやらが我が一族の暗号を知っているのか、非常に興味がある」

「………………」

「ほら、早く読め。読んで内容を僕に聞かせてくれ。え？　僕？　ふっ……構うな！　君が読んで安全だったら、後からゆっくり読ませてもらう！」

「……こ、こいつは……」

大安定のフォーゼルに、グレンは半眼になる。

とはいえ、ここで読む以外の選択肢なんかあるわけない。

（ひょっとしたら……今、俺は歴史的瞬間に立ち会っているのかもしれねえ）

そんな静かに高まる興奮と感動に、グレンはフォーゼルから渡された鍵の魔術式を、自分の深層意識領域に展開していき……『アリシア三世の手記』を開き……

そして、呪文を唱え始めた。

「《開けよ・開け・真実の扉・——》

魔力が高まり、手記の表紙に不思議な魔術紋様が何重にも浮かび上がり——

「《我が前に・真理を——》」

グレンが呪文を唱えきる……その寸前であった。

『——待って、グレンッ！　それは、罠よッッ!?』

唐突に、グレンの魂を張るように打った、切羽詰まった少女の叫び声。

（——ナムルス!?）

はっとするが……もう何もかもが遅い。

「《——示せ》」

呪文を止めねばと思った時には、すでに唱えきってしまっていた。

その、瞬間。

ぴぃ～～～～～ッ！　奇妙な警告音が、グレンの脳内を走った。

【システムエラー・エラー・エラー・エラー】

【第三者による検閲処理済み・アクセス権の不正使用検出・不許可】

【強制侵入により・第一級秘匿モード強制起動】

抑揚のない女性の声が、グレンの頭をガンガンと鳴らし――

手記が眩い光を放ち――グレンの心を、手記の中へと引きずり込んでいく。

「なぁ――ッ!?」

「う、あ、ぁあああああああーーッ!?」

自身の精神が何かに引っ張られていく……そんな大凡体験したことのない経験に、グレンは本能的な恐怖と悍ましい浮遊感に包まれて――

どうしようもなく、グレンの意識は白熱するままに薄れ行くのであった――

――。

第四章　アリシア三世の手記　～真実～

チク、タク、チク、タク、チク、タク……

振り子の柱時計の音が、規則正しく響き……闇に沈んだ意識の片隅を突く。

「……ん……？」

ぼんやりとする意識から、ふとグレンが自分を取り戻すと。

今、自分が立っているそこは……

「……書斎……？」

四方を壁一面を埋め尽くす書架に囲まれた、薄暗い書斎であった。

奥には年代物の執務机があり、その上で灯る燭台の淡く頼りない火が、この暗い書斎内をぼんやりと照らしている。

どこからか隙間風が入ってくるらしい。燭台の火が時折揺れては、その淡い光が空間に生み出す陰影を、深淵に潜む魔物のように蠢かせる。

そして——そんな陰影の中に隠れるように。

カリ……カリ、カリカリ……カリ……

何者かが奥の執務机について、一心不乱に作業をしていた。

インク壺に羽根ペンをつけ、何か書き物をしている。

その人物の姿に、グレンは見覚えがあった。

王族が着る豪奢なドレスを纏い、長い金髪をアップにした美しい中年女性。

その、どこかルミアの面影を感じるその女性は——

かつて、裏学院の深奥で対峙したその人物は——

「……アリシア……三世……？」

すると、その女性はふと、作業の手を止め、羽根ペンを置く。

そして、眼鏡を外して、グレンを見つめ、にっこりと笑った。

明らかに常軌を逸した、壊れた笑みだった。

「〝うふ、うふふふふ……来たんですね？　貴方。でも……終わりです〟」

そして、机の引き出しを開き、何かを取り出す。

「〝貴方の思い通りには——させない〟」

その何かを、己がこめかみに、ごりっと押し当てる。

「〝無駄ですよ？　この手記は……いくら貴方が隠匿しようが、封印しようが、破壊しようが、必ずあの場所へと戻ってくる……私の意を継ぐ者の手に渡るまで……そういう存在です。この私の……最後の意地ですから〟」

「ちょ、アンタ……何を言って……？」

「〝いつか……いつか、必ず……私の意志を継ぐ者が、貴方を……ッ！〟」

アリシア三世は朗らかにそんなことを言って……その何かの引き金を引いた。

どんっ！

その何か──火打ち石式拳銃が咆吼を上げ、大口径の銃口が吐き出した鉛弾が、アリシアの頭部を容赦なく貫通する。

びしゃっ！　辺りを染める血飛沫と脳漿。

止める暇もない……あっという間の出来事であった。

「な……」

グレンが机に突っ伏すアリシア三世の死体を前に、絶句していると。

『……バカね。本当にバカ』

不意に、書斎の隅から心底呆れたような呟きが聞こえた。

『もう……こうなったらお終いだわ……貴方がこんなところで終わってしまって、これから先、どうしたらいいのよ……』

「ナムルス⁉」

グレンがそちらへ目を向けると、ルミアにうり二つの謎の少女――ナムルスが自分の膝を抱え、その膝の間に自分の顔を埋めるようにして座り込んでいた。

「バカよ……あっさりこんな罠に引っかかっちゃって……ッ！』

「おい、どういうことだ？　俺の身に何が起きた？」

『どうもこうもないわよ、マヌケッ！』

ナムルスが、ばっと立ち上がって、グレンへ激しい剣幕で詰め寄ってくる。

『お馬鹿な貴方にわかりやすく説明してあげる！　あの手記には何者かが罠を張っていた！　貴方はそれに見事に引っかかり、貴方の精神はこの手記の世界に閉じ込められました！　もう二度と外に出られません！　はい、ゲームオーバーッ！　理解した⁉』

「～～ッ⁉」

思った以上に深刻な事態に、グレンが顔を歪める。

『……今頃、外の世界では突然意識を失った貴方の身体を前に、大騒ぎでしょうね……そのうち、もう二度と目が覚めないことを理解して、もっと大騒ぎになるわ』

「くっそ……ッ！　マジかよ……ッ⁉」

グレンが片手で頭を押さえる。

「おい、ナムルス……わかってたんなら、もっと早く教えてくれよ……」

『うるさいわね！　私だって、四六時中、いつだって貴方をストーキングしてるわけじゃないわ！』

「ということは、ストーカー行為自体はしてるのかよ……」

『それに、本当にわからなかったのよ！　貴方があの鍵式を起動しようとするまでね！　罠はあまりにも巧妙に、手記の中に隠されていた！　このショボい現代の魔導技術水準では考えられない高度な技量でね！　こんな芸当ができる人はあ、あの人くらい……』

すると、ナムルスが不意に考え込むように押し黙る。

『……いや、まさか……そんなことって……？　いつか現れるとは思ってたけど……まさか、すでに……？　ひょっとしてこれは、そういうこと……？』

「おい、何か心当たりがあるんだな？　このふざけた罠の仕掛け人に」

ナムルスのどこか戸惑うような反応に、グレンは確信と共に問い詰める。

『!?』

「教えろ、そいつは誰だ!?　あの人って誰だ!?　俺達の知っているやつか!?」

『…………』

途端、視線を泳がせて沈黙するナムルス。

「また黙りか⁉ おい、いい加減にしろよ⁉ 今はそんな場合じゃねーぞ⁉」

グレンが憤るが。

『……以前も言ったでしょう……』

ナムルスは力なくそう返した。

『私は言わないんじゃない……言えないの。貴方は、貴方自身の力で〝真実〟に到達しなければならない……もし、貴方が、貴方自身の力で摑んだものであれば、それは……きっと正しい歴史の〝流れ〟だから』

「……はぁ？」

『ただの傍観者に過ぎない私が全てを語ったら……未来や過去が、どうなるか予測がつかない……それだけは、絶対に避けなければならないの……ごめんなさい……』

「…………………」

まるで、叱られた子供のようにしょげかえるナムルスの姿に。

グレンが、深い溜め息を吐く。

「……わかったよ。聞かねえ。だから、そんな泣きそうな顔すんなよ……くそう」

『グレン……』

「それに、お前がそう言うってことは……そして、ここに一緒に来てくれているってことは……アレだろ？　お前はまだ諦めてないんだろう？」

『！』

そんなグレンの指摘に、ナムルスがはっと目を見開いて……やがて、力強く頷いた。

『ええ、そうよ！　貴方はこんな所で終わっていい人じゃない！　貴方は絶対に、ここから脱出しなければならない！　過去と未来のためにも！　だって、貴方は私の──』

と、そこまで勢いで言いかけて。

『──フン』

不意に、ナムルスが気まずそうに、気恥ずかしそうにそっぽを向いた。

『と、とにかくよ。なんとか脱出の方法を探すわ』

「……おうよ」

気を取り直して。

グレンは改めて部屋を見回すのであった。

薄暗い部屋内。四方の壁の書架。机に突っ伏すアリシア三世の死体。

部屋の隅の柱時計。この書斎の出入り口扉──

「……こっから出られねえっつったけどよ……」

試しに、この部屋の出入り口扉を開いてみようとする。

案の定、開かない。

一応、指先技による鍵開けや、解錠呪文を一通り試してみたが、開く気配はない。

そして、出入り口になりそうなものは、他になさそうだ。

「確かに、閉じ込められてるっぽいな……」

『だから言ったじゃない』

つん、とナムルスが不機嫌そうにそっぽを向く。

「【イクスティンクション・レイ】で、扉か壁に穴開けたら脱出できねーかなぁ？」

『あのね、ここは精神世界よ？　物理的に閉じ込められているわけじゃないの』

「わかってるよ、言ってみただけだ。しっかしこりゃ、前途は多難だぜ……」

グレンが呆れたように、肩を竦める。

『ふん……もし、貴方がここから出られなかったら……流石に一人は嫌でしょう？　仕方ないから、私がずっと傍に居てあげるわ。感謝なさい』

「ははは、そりゃ嬉しくて涙が出るぜ」

冗談か本気か、よくわからないナムルスの言葉に、グレンは溜め息を吐いた。

とにかく、現時点では、この扉に手がかりはなさそうだ。

「……となると……他に調べるべきなのは……」

グレンがちらりと、執務机を見る。

そこには、突っ伏して、こと切れているアリシア三世がいる。

「…………」

今さら、死体に戦くグレンではないが、やはり気分の良い物ではない。

この世界が、アリシア三世の記憶を追体験する世界であるとしても。

「失礼しますぜ」

グレンは執務机に歩み寄り、遺体やその周辺を検分する。

遺体には、特に気になるものは何もなかった。

ただ、遺体が突っ伏している机の上を見て、ふと気付く。

「この手記は……」

グレンが、裏学園で入手した『アリシア三世の手記』であった。

グレンが入手した手記は執筆から数百年経過しているため、装丁が劣化していたが、ここに置いてある手記の装丁は真新しい。

ついさっき書き上げた……そんな雰囲気だ。

「なるほど。察するに、俺は今、アリシア三世の自殺の記憶を追体験してるわけか」

どうやらいきなり、最後の頁に飛んで来てしまったようだ。

「一応、確認するか。何か違いは……」

手記を手に取って、ぱらぱらと捲ってみる。

グレンの記憶が確かならば、まったく同じ記述が延々と並んでいるだけだ。

おまけに、件の暗号の羅列だから、文章的な内容はサッパリ読めない。

「何？　この、手記の世界の中で、その手記を読むとかいう変な状況……」

そんなことをぼやきつつも……古いか新しいかだけで違いはない……グレンがそう思った、その時だった。

「！」

最後に数枚残った白紙の頁に、グレンが得た手記にはなかった文章があった。

それも、暗号ではない。共通語だ。

〝グレンへ〟

「な、何……ッ!?」

『どうしたのよ？』

身を寄せて覗き込んで来るナムルスへ、グレンは手記の最後の頁を見せる。

それを見たナムルスも、事態を理解し、険しい顔になる。

「……続き、読むぞ？」

〝この文章を読んでいるということは、貴方は■■の罠に陥ってしまったのですね〟

〝すみません、これは完全に私の落ち度です〟

〝私は、■■がこのような罠を、この手記に仕掛けたことに気付けなかった〟

〝早速ですが、グレン、何も言わず、私の■で■■■■■■■■。これも検閲されますか、駄目ですね。どうやら、■■を■■すると、自動検閲されてしまうようです〟

〝でも、希望を捨てないでください。脱出方法はあります。間違いなく〟

〝後は、貴方がそれに気付けるかどうか、なのです〟

〝四方の書架が、私の記憶を追体験する入り口となっています。まずは、私の人生を追体験してください。そうすれば、必ず見えてくるでしょう。この私の世界を書き換え、密かに紛れ込んでいる異物の正体に。本来、ここに居てはならない者の存在に〟

〝その異物を、私を殺したモノで殺すのです。それが鍵〟

〝急いでください。時間がありません。そこの柱時計が見えますか？　その短針が一周するまでがタイムリミットです。■■が仕掛けた罠の、唯一の隙です〟

〝健闘を祈ります。メイベル〟

「……メイベル。……あいつ」

『どうやら……この世界の本来の主からの、精一杯の援護射撃のようね』

「ああ、そのようだな……」

そして、グレンは、手記に書かれている〝私を殺したモノ〟を、手に取る。

アリシア三世の遺体に握られていた銃……古めかしい火打ち石式拳銃を。

この銃は見たことがある。以前、アルザーノ帝国魔術学院の裏学院の事件にて、メイベルから渡されたのとまったく同じ銃だ。

（あの銃は、事件後、いつの間にか、どっかに消えちまったが……また、手にすることになるとはな）

グレンは手に取った火打ち石式拳銃を調べる。何か不思議な魔力を感じる魔銃だ。

〝汝、正位置の愚者たらんことを〟……そんな文言が小さくグリップに刻まれている。

この銃は前装型の単発銃だ。なのに、先程、アリシア三世のこめかみを撃ち抜いたばかりだというのに、一発の弾丸が、すでに装填されていた。

「《クイーンキラー》……」

先程見た光景が脳裏に蘇り、不謹慎だが、銃にそんな名前が思い浮かんだ。

『なるほど、話が早くなったわね』

ナムルスが、グレンが手に取った銃を見ながら統括する。

『要は、この世界のどこかに潜む〝異物〟を捜し出して、その銃で撃てばいいわけね』

「そのようだな。……このメッセージが、黒幕の罠じゃなければな」

だが、これは間違いなく罠ではなく、メイベルの援護のはずだとグレンは確信する。

黒幕の目的は、グレンをこの手記の世界に閉じ込めた時点でもう達成されている。

それ以上の小細工を弄する意味は、まったくないのだから。

「なんにせよ……まずは動かねえと始まらねえ。行くか」

銃を腰のベルトにねじ込み、ぱぁんと自分の頬を張って。

グレンはとりあえず、北側の書架へと進んでいく。

「アリシア三世の記憶の追体験……とは言うが、触ればいいのか？」

そして。

グレンは覚悟を決めて、その膨大な数の本が並ぶ書架へと……触れる。

すると——

ひゅぼっ！

グレンの視界と意識が、どこかへ引っ張られるかのように暗転するのであった。

────。


「！」

ふと、グレンが気付くと──そこは野外。

周囲360度、土肌の緩やかな斜面が、すり鉢状に広がっている。

まるで巨大なクレーターのように掘られた穴の底に、自分はいるらしい。

「な、なんだここ……？」

グレンの周辺には、大勢の作業服姿の人々がいて、つるはしで岩を削り、スコップで土を掘り返し、このクレーターを掘り進める作業を黙々と行っている。

「あ、おい、ちょっと聞きたいんだが、ここは……」

グレンが、傍で岩を運んで歩く作業員へと声をかけて、手を伸ばすが……

すっ……グレンのその手は、まるで幽霊のようにその作業員をすり抜けていった。

グレンの声は確実に届いたはずなのに、その作業員はまるでグレンのことを空気のように認識することなく、そのまま去って行ってしまった。

「……ここが、アリシア三世の記憶の世界だからか……？　そうか、俺がこの世界に干渉できるわけねーのか……」

緩やかな風が吹き流れ、クレーター内に淀む熱気を払っていく。

頭上を見上げれば、円形に切り取られた空は、どこまでも青く――そして。

「……あの城は……ッ⁉　『メルガリウスの天空城』⁉」

グレンが仰ぐその大空には、フェジテの空に浮かぶあの幻影の城が、陽光をきらきらと照り返し、雄大な存在を主張していたのだ。

グレンはひいふう言いながら、クレーターの緩い斜面を登り切り、その縁から周囲の風景を見渡した。

見渡す限りの草原と、遠くに連なる山々。その形には見覚えがある。

「この光景は……それに、空にあんな城があるってことは……ああ、そうか！　ここは、フェジテか⁉　この何もない平原が！」

アリシア三世が生きた時代は、今からおよそ四百年ほど前。

ここはアリシア三世の手記を通して見る追憶の世界であるから、四百年前の光景ということになる。

　つまり、ここは約四百年前のフェジテなのだ――

「ほえー……見事に何もねーや。未開の辺境って感じ。かの世界に名高き、魔導と叡智の中心地にて発信地、学究都市フェジテがねぇ……」

　やや古風で質実剛健でありながらも、活況ある大都市だったフェジテ。

　グレンは、そんなフェジテの光景を脳内に思い返しながら、しみじみと思った。

「となると、あっちの方に流れている二叉の川が、ヨーテ河かぁ？　……ふむ」

　軍時代に習った、指で行う簡単な測量法で、自分の位置関係を概算する。

「えーと、あっちがあーで……俺の腕の長さが……で、太陽の傾きから……えーと、うーんと、大体距離は南東に2000くらいだから……」

　しばらくすると、ぴんと計算が合い、グレンはにやりと笑った。

「なるほど、このバカでけえクレーターが口を開けているこの場所は……ちょうど、アルザーノ帝国魔術学院の校舎が建つはずの場所なんだな」

　なんだろう。妙に感慨深いものが、クレーターを見下ろすグレンの胸を去来する。

　そんな風に、グレンが過去の風景をぼんやりと眺めていると。

「こーら、ルーシャスッ！　何やってるの⁉」

少女の声が、右の方から聞こえてくる。

「ん？」

グレンが目を向ければ、そこには一人の青年が草臥れたように岩に腰掛け……その正面に、一人の少女がぷんぷんと頬を膨らませながら腰に手をあて、説教をしていた。

流れるような金髪、気の強そうな瞳。

だが、どこかルミアの面影を思わせる、十代半ばの少女だ。

当然、ぴんと来る。

「あの子、アリシア三世か⁉　うっわ、若ぇ⁉　てか、滅茶苦茶美少女だな⁉」

確かにその少女の顔立ちは、以前会ったメイベルそのものだ。

が、この記憶の中のアリシア三世は、とてもお洒落で垢抜けている上、陰鬱なメイベルと違って向日葵のように明るい表情をしているため、まるで別人のように華があった。

「ルミアといい、陛下といい、この血統、勝ち組過ぎるだろ⁉」

そんな不躾で失礼なグレンの感想が、過去の彼女達へ届くこともなく。

「もう、ルーシャスったらぁ！　もっと、真面目にやってよ！」

「ははは、わかってるよ、アリシア。でも、僕、ちょっと疲れちゃってさ……」

その青年は苦笑いで、アリシア三世に応じていた。

アリシア三世よりも少し歳上の、不思議な雰囲気の青年だ。

緩く波打つブラウンの髪、新緑色の瞳。銀縁の丸眼鏡が知的な雰囲気を醸し出す。

「ほら……僕は元々病弱で、身体も強くないし……」

「……あ、ごめん……」

「それは関係なくない？　あ、でも……」

「君も、僕のことを先生って呼んでくれなくなって久しいし……寂しいし……」

すると、アリシア三世は、先程までの元気はどこへやら、急にしゅんとしてしまう。

「そうよね……元々、無理言って、私が貴方をここまで連れてきたんだよね……私、後もう少しだって思ったら、つい夢中になっちゃって、気がつかなくて……」

「いいんだよ。僕は、そんないつも元気な君の姿を見ているのが好きなんだ」

すると、アリシア三世が、ぱっ！　と顔を赤らめて喚く。

「も、もうっ！　貴方は、そうやって、いつもナチュラルに、恥ずかしいことばっか言うんだから！　そ、そういうのは、誰も見てないところでやってよね⁉」

「おや？　ということは、誰も見てないところならいいのかな？　むしろ、やってくれ……そう言いたいのかな？」

「え⁉　いや、あの、その、そうじゃなくて、あああああもうっ！　ルーのばかばかばかっ！　いくら婚約者とはいえ、王女をからかったら死刑よ、死刑ッ！」

「あはは、君は相変わらず可愛いな。その素直じゃないところがさ」

そんな青春いっぱい甘酸っぱいやり取りを前に。

（爆発しろこいつら）

お腹一杯なグレンが頬を引きつらせ、半眼で呻くのであった。

（ま、若人達の青春の一頁ってところか。当然だが、アリシア三世にも若い頃は、こういうことがあったんだなぁ……）

ここで、グレンはふと、気付く。

（そういえば、アリシア三世女王陛下……いや、今は王女殿下か？　こんな辺鄙なところで、何をやってるんだ？）

と、その時だった。

クレーターの底の方で、おおおおおっと、人々のどよめきと歓声が上がっていた。

「なんだ？」

グレンがそちらへ目を向けると……

「見つかったぞぉおおおおおおおおおおおおおーーッ!?」

ずどどどどっ！　と。

この時代のアリシアより一回りほど歳上……二十代半ばほどの青年が、クレーターを駆け上ってくる。

金褐色の髪。よく日に焼けた褐色の肌。

「どうしたの？　ロラン兄様？　あ、ひょっとして——ッ!?」

「ああ！　アリシア！　見つかったぞ！　だから言っただろ！　僕の仮説は正しいと！　やっぱりそうだと思ったんだッッッ！　各地から発掘される石柱碑！　あれは一種の距離を区切った測量ストーンとしての用途があったと！　それから計算すれば、アングレスタの壁画に描かれていた、メルガリウスの天空城の下に広がる大都市の風景こそが、古代の魔都メルガリウスであることに間違いないと！　後は簡単だ！　当時の測量法をソクラート法で現代解釈して、『タウムの天文神殿』の位置から逆算すると——（略）——でも、この誤差が気になった僕は、ついに閃いたのだッ！　これが表意文字じゃなくて、表音文字でもあることに——（略）——だからこそ僕が提案する霊脈ルートなのだッッッ！　古代霊脈学の権威——（略）——そこに紋章象徴学の（略）（略）（略）ああもう黙って、僕に全ての予算を寄越せッ！　僕が神だッッッ！」

そして、グレンはこのアホなノリをよく知っている。

「流石、ロラン兄様！　名門エルトリアの麒麟児ね！」

目をぐるぐるさせてまくし立てる青年に、アリシア三世が嬉しげに手を叩いて言った。

――エルトリア、と。

「ロラン＝エルトリア！　こいつが、あのロラン＝エルトリアか……ッ⁉」

さらに、グレンが衝撃を受ける。

ロラン＝エルトリア。アルザーノ帝国では知らぬ者が居ない童話作家にて、魔導考古学者。近世魔導考古学の礎を立てた人物であり、魔導考古学の父とも呼ばれている。

そして、あの歴史的名著『メルガリウスの天空城』と、童話『メルガリウスの魔法使い』の著者である――

「あの世紀の大馬鹿野郎、フォーゼル＝ルフォイ＝エルトリアのご先祖様ってわけか」

確かに、ロランのその風貌には――フォーゼルの面影があるように思えた。

「……ははは、こいつら、根っからこういうノリの血筋なんだな……」

呆れるしかない。

「こうしちゃいられないわ！　さっそく、歴史的瞬間を拝みに行くわ、ロラン兄様！」

「うむ、そうだなっ！　我が魂の妹分よッッッ！」

すると、アリシア三世とロラン＝エルトリアは、転がり落ちるようにクレーターの中心部へと向かって駆けていく。

「……やれやれ、元気だなぁ、アリシアもロランもさ」

ルーシャスと呼ばれた青年は、苦笑いでそんな二人の後を追う。

グレンもそんな彼らの後を追って、クレーターの斜面を降りていく……

「しっかし……見つかったって、何が見つかったんだ？」

そして、そんな風にぼやくグレンが辿り着いた、クレーターの中心、最深部。

そこには、奇妙な構造物が露出していた。

地面から、石造りの四角錐型構造物が頭を覗かせていたのだ。その構造物の正面には左右開閉式の石扉があり、様々な古代文字や紋様が刻まれている。

そして、その扉に向かって、四角錐の側面に築かれた階段。

何か巨大な建造物の頭頂部が、土の中から姿を現した……そんな雰囲気だ。

そして、そんな奇妙な構造物を、大勢の人間が歓声を上げて囲んでいる。

グレンは、その構造物を目の当たりにした途端、再び衝撃に震えた。

「こ、これは……学院の『地下迷宮』の入り口……ッ!?　そうか、こいつら、これを発掘していたのか!?」

そんな誰にも届かない、聞こえない叫びを上げるグレンを前に。

「間違いないぞ、アリシア。これこそが——古代の超魔法文明、最大の遺跡！　賢王ティトゥス＝クルォーが建造したという『嘆きの塔』ッッッ！　その天辺！」

「やった！　やったよ、ロラン兄様ッ！　私達はついに見つけたのね！」

「そうだ、妹分！　僕達の説は正しかったッッッ！」

ばっ！　ロランが両手を広げて叫んだ。

「かの古代超魔法文明において、アルザーノ帝国からレザリア王国あたりの場所に、かつて広く存在したという魔法王国！　かの古の賢王が統治したという、その王国の首都！　伝説の古都メルガリウスは——この地にあったのだッッッ！」


——その夜。

発掘現場の近くに、発掘隊が張っている野営地。

そのとある天幕の中で。

「「世紀の発見、おめでとう！」」

アリシア三世、ルーシャス、ロランの三人が、ワイングラスを打ち鳴らしていた。

（…………）

そんな三人の様子を、グレンが天幕の隅でじっと見ている。

「うっふっふーっ！　明日から忙しくなりそうね！　いやぁ、あの前人未踏の『嘆きの塔』

の中に一体、何があるのか！　想像するだけで楽しみだわ！」

「あはは、まったく……君の魔導考古学好きには困ったな」

ご機嫌なアリシア三世に、ルーシャスが苦笑いで肩を竦める。

「君は王家の人間だろう？　しかも、病床に伏せる先代女王に代わり、政務を引き受けなければならない身だ。なのに、いつもこうやって王宮を抜け出して、遺跡探索にかまけてばっかりでさぁ。きっと、今頃、帝都ではエドワルド卿がまた嘆いているよ」

「大丈夫よ、大丈夫！　政務に関する向こう半年間の政策と指示は、すでに書き残しておいたもの！　あらゆる不測の事態を予測して、全ての対策を予め立てておいたし、私が王宮に居なくたって、しばらくはまったく問題なし！」

「それ、不測っていう言葉の意味が崩壊してるよね？　でも、君の場合、それで本当に問題がないからなぁ……天才って怖いよ」

くすくす、と。さもおかしそうにルーシャスが笑う。

「そうそう、政務といえば……聞いたよ、アリシア。君、将来、魔術の学校を作るつもりなんだって？」

「ええ、そうよ。まだ、今は色々と難しいし、建築場所は決めてないけど……けど、いつかきっとね、私は国営の魔術学院を作るわ！」

「国務大臣達や各魔術ギルドの長達が大騒ぎしてたんだけど……無謀だって」

「バカね！　これからは魔術の時代よ？　魔術の技は、ちっぽけなギルドや結社達が後生大事に秘匿していいものじゃないの！　その技術と知識は、国が全部、国策で管理・研究し、才能ある者達を集めて、優れた魔術師を積極的に育成していかなきゃね！　それに、私が古代文明を研究するのだって、単に趣味ってだけじゃないんだから！」

「えっ？　そうなの？」

「ええ、そうよ！　繰り返すけど、これからは魔術の時代！　魔術の技術力が、他の国に負けない強い国を作るわ！　古代の魔法の力を解明できれば、帝国はきっと強い国になれる！　そうすれば、他の国から、この国の平和を守れる！　だから、これは民のためでもあるの！　わかるでしょう!?」

「相変わらず、君の発想は壮大だなぁ……」

「ま、今はそんなことより、発見した古代遺跡よ、遺跡！　うっしっし！　楽しみ！　これがないと、政治家なんて退屈なもんやってられないんだから！」

「そのとぉおおおりッッッ！」

　アリシアに応じて、ロランが野望に燃えた目でワイングラスを干した。

「あの中から見つかるもの次第では、現在進行中の僕の夢も叶うやもしれんッ！」

「ああ、お兄様が今、執筆なさっている『メルガリウスの魔法使い』？」

アリシアの言葉に、ロランがそうだと頷く。

「やはり、僕は確信している！　帝国各地に散在する〝正義の魔法使い〟の逸話は、全て同一人物をモデルにしたものだとな！」

「そういえば、兄様は昔から、この帝国各地に伝わるその〝魔法使い〟の物語群が大好きだったからねぇ」

「ああ！　その〝魔法使い〟の真の顔を知りたい……僕が魔導考古学を志すことになった切欠だ。今回の発見で、また何かわかると良いんだがな！　と……」

と、そんな時だ。

ロランがふと、何かを思い出したかのように、アリシアとルーシャスを交互に見る。

「あ、そうだ。話は変わるが、そう言えば、君達はいつ結婚するんだ？」

「ぶぅーーーーーーーーッ!?」

そんなロランの唐突な発言に、アリシアが盛大にワインを噴き出した。

「お、おお、お、お兄様、一体、何を!?」

「何を動揺してるんだ？　そもそも二人は家同士が定めた婚約者だし、しかも幸運なことに相思相愛だろう？　ルーシャスは元々、アリシアの魔術の家庭教師だったか？　まぁ、互いに望んでいるなら万々歳だ。さっさと結婚して子供でも何でも作ればいい」

「い、いいいい、いや、そ、そうだけど違くて！　私とルーシャスはそんな——そうだけど、そんなんじゃなくてぇえええええーーッ!?」

そんな風に、顔を真っ赤にして慌てるアリシア三世に。

「アリシア。ロランは君のことを心配してるんだよ」

ルーシャスが照れ隠し半分と苦笑いで言う。

「なにせ、ロランのやつ……魔導考古学にかまけるあまり、こないだ、ついに嫁さんと子供に愛想尽かされ、実家に帰られてしまったからね……」

「うわ、兄様サイテー」

「ぶほぉーーーーーーーーッ!?」

今度はロランが、ワインを盛大に噴き出す番だった。

(エルトリアって、駄目人間の一族じゃねーか……こいつら代々、そんななのな)

傍観者のグレンも呆れるしかない。

「あの、兄様？　こんな風に、呑気に遺跡発掘している場合じゃないんじゃ……？」

「うるさいっ！　家族など知るか！　僕は魔導考古学に我が人生の全てを捧げるんだぁああああああああああああああああーーッ！」

そんなロランの叫びと嘆き。

楽しげに笑うアリシア三世とルーシャス。

仲間達で、成果を祝って過ごす楽しい夜が過ぎていくのであった――


「…………」

気付くと、グレンは再び書斎(しょさい)の書架(しょか)の前に立っていた。

『どうだった？』

グレンが追憶(ついおく)から戻(もど)って来たことを認識したナムルスが、グレンに問う。

「うーん、まずは導入部分ってところかな……特に、おかしな点は見当たらなかった」

『そう……まぁ、私もそう簡単に見つかるとは思ってないわ』

そして、ナムルスがちらりと部屋の隅の時計を見やり、忠告する。

『じっくりやってちょうだい。でも、時間制限があることに気をつけて。どうやら一章分の追体験に、大体一時間くらいはかかるみたいよ？』

「みてーだな。追体験内で経過した時間と、実際の経過時間は関係なさそうだ」

それが吉(きち)と出るか、凶(きょう)と出るか。

いずれにせよ、今は手記を読み進めていくしかない。

「次、行くか……」

…………。

グレンは、追体験を進めていく。

第二章、第三章と、追体験を読み進めていく。

それからの追憶は、アリシア三世が、昔なじみの親戚であり友人でもあるロランと、恋人かつ婚約者であるルーシャスらと共に過ごす、輝かしくも楽しい日々であった。

三人は『嘆きの塔』を夢中で探索し、発見したものに一喜一憂する。

地下1階から地下9階――『覚醒への旅程』にて、数々の隠し部屋を発見し、隠された古代の石本や碑文を、次々と発掘していく……

「ぉおおおおおおおおおおーーッ⁉　また見つけたぞぉおおおおおおおおーーッ！」

「すごーいっ！　すごいすごいすごぉーいっ！」

「また、古代文明の新しい事実が明らかになるぞっ！　どうやら、このあたりの階層は、古代の資料庫でもあるらしいなっ！　はははははっ！　流石に解読が追いつかんっ！」

大はしゃぎなアリシア三世とロラン。それを温かく見守るルーシャス。

さらに、そんな彼らを見守るように観察するグレン。

（しっかし……この階層に、そんなに発見があったんだな……）

迷宮の中、荷車に積み上げた発掘物の山を見て、グレンが感嘆する。

（だが、妙な話だ。俺は、地下1階から地下9階は、魔導考古学の発展に有益な発掘物はほとんどなかったと、どっかの論文か報告で読んだことがある……）

そして、さらに驚くべきことは――

（しかも、これらは、超一級の一次資料じゃねーか）

グレンが、アリシア三世達が発掘した碑文の山を見ながら、思う。

（歴史考察をする際、最上級重要参考度を誇る特級資料達……それが、こんなに見つかったなんて話、聞いたことねえ……それに、もし見つかったなら、現代の魔導考古学はもっと、古代の在り方を、高い水準で鮮明に暴いているはず……一体、なぜだ？）

グレンの疑問に答えは出ないまま。

追憶は進んでいく――

どんどんと進んでいく――

それからしばらくは。

三人の忙しくも楽しい日々が飛ぶように過ぎていく。

それは、アリシア三世がロランやルーシャスと共に駆け抜けた青春の記憶であった。

アリシア三世は、遺跡探索と魔導考古学研究に、夢中でのめり込んでいく。

ロランと共に、古代に関する新しい発見をいくつもする。

その一方で、見事な手腕をもって、政務と魔導考古学研究を両立させていく。

やがて、そんな忙しい日々の最中──アリシア三世は帝国民総出で祝福される中、ルーシャスと結婚して……満を持して女王の座に就く。

アリシア三世は、まさに仕事もプライベートも充実した、幸福の絶頂にあった。

──だが。

やがて、そんなアリシア三世の順風満帆な人生にも、とある陰りが見え始める。

それは──戴冠から数年後。

アリシア三世とルーシャスの実の娘──マリアベル二世が生まれた頃のことだった。

「やっぱり、発掘したこの資料が示している。……全て事実だ」

とある会議室にて。

ロランが重苦しく言った。

相席しているのは、アリシア三世とルーシャス……今は夫婦となった二人だ。

「……古代の超魔法文明は……決して、僕達が夢想していたような、夢と魔法の世界じゃなかった……まさにこの世の地獄……暗黒と悪夢の世界だ」

「…………」

アリシア三世が、そんなロランの結論に押し黙る。

「賢王ティトゥス＝クルォー……賢王などとんでもない。やつは魔王だ……掛け値なしのな。『天空の双生児』という、外宇宙からやって来た謎の神性の加護を受け、その力で民を統治した。最初は確かに良き賢王であったが……次第に狂い、魔王と化した。

現時点では、どういう物なのかわからないが、魔王は『禁忌教典』なる物を求めていたらしい……何らかの使命を果たすためにね。

あの『メルガリウスの天空城』は、その『禁忌教典』に至るために、魔王が作った巨大魔術儀式施設であることに間違いなさそうだ。

そして、魔王は『禁忌教典』を手にするため、全世界を侵略し、大勢の人々を魔術の生贄に捧げ続けた。無論、抵抗勢力もいたが、その悉くが虐殺の憂き目にあった。

天空の双生児の加護を持つ魔王自身が、強大な力を持っていたということもあるが……それに加え、その魔王の配下の魔将星達。そして——」

ロランが一枚の羊皮紙を差し出す。

そこには……Zの字を一筆書きで何度も重ねたような奇妙な紋様が描かれている。

「この『無垢なる闇の印』の巫女達による、外宇宙の邪神招来術。さらに、魔王が作った恐るべき力を持つ数々の魔法遺産……このあまりにも人智を超えた魔王側の戦力に、当時の民衆は為す術がなかった。魔王の為すがまま『禁忌教典』の生贄にされたのだ」

「…………………」

押し黙るアリシア三世。

「この帝国各地に散在している、僕が長年かけて集め編纂した〝正義の魔法使い〟の伝承や逸話、物語群の正体を、僕はもう確信している。それは、古代文明時代に実在した、とある一人の魔術師……〝正義の魔法使い〟が、その生涯をかけて魔王に挑んだ戦いの記録……弱き人が人智を超えた存在に抗う、人の誇りの物語だったんだ」

そんなロランの言葉に、ルーシャスが重苦しく問う。

「それは……全て、事実なのかい？」

「ああ、今まで僕達は、あらゆる方面からこの古代の恐るべき実態について、検証を繰り返した。わかったのは、事実が事実であるという事実だけだ」

「………」

さらに重苦しく押し黙るアリシア三世とルーシャス。

そして、そんな二人へ、ロランが厳かに告げた。

「……僕の言いたいことはわかっただろう？　アリシア。……そろそろ《嘆きの塔》の研究は潮時だと思っている。あれは、開いてはいけない禁断の箱だった。古代文明……特に魔王や天空城周りの事実を記録した文章や発掘物は、全て処分するべきだ。

万が一にでも、《嘆きの塔》の最深部……地下89階にある《叡智の門》。その向こう側を目指す者が現れてはいけない。そこは、これまでの古代研究から察するに、間違いなく、かつての魔王の拠点であり、魔王の狂気の魔術研究の成果……《魔王遺物》の全てが、今も丸々残っているはずだからな。そんなものは未来永劫、封印するべきだ」

そう言って、ロランは虚しそうに肩を竦めた。

「やれやれ、仕方ない話だ。まぁ、魔王や魔王遺物とは直接関係のない、当たり障りのないお話……正義の魔法使いと悪の魔王の戦いの物語くらいは、童話として編纂し直し、生活費稼ぎに売り出すのは、いいかもしれんがな……」

だが、そんなロランへ、アリシア三世が語気強く言う。

「いえ、それでも私達は、《嘆きの塔》の最深部を……《叡智の門》の先を目指すべきだと思うわ。研究も発掘物も放棄しない。これらは必ずや、この帝国にさらなる発展と栄光をもたらしてくれるはず」

「君もわからんやつだな……邪神招来術に魔王の創りし魔法遺産……かの魔王遺物の何か一つでも、この世界に出てくれれば大混乱だぞ。万が一、悪しき者の手に渡れば、最悪、国が滅びかねない。その時、君はどうする？　責任を取れるのか？」

そんな言い争いが、しばらく続いて。

「…………………」

しばらくの沈黙の後……

「そうね……わかったわ……民を危機にさらしてまでやることじゃないし……」

……息を吐いて、アリシア三世の方が折れるのであった。

「いいのかい？　アリシア。……君の夢は……」

ルーシャスが、アリシアを気遣うようにそう問う。

「いいのよ。私も薄々思っていたの……古代文明は、私達人間が手を出していいものじゃないって……それに、そろそろ魔術学院の着工に本格的に着手しなきゃね」

そんな光景を——グレンは追憶の中で見ていた。

（だが、アリシア三世の本心は、違ったようだな……）

アリシア三世は、《嘆きの塔》から得た全ての発掘物や研究成果を、世の中に発表せずに破棄した……と見せかけて、密かに隠し、自分だけのものにしていたのだ。

この時、アリシア三世は――もうすでに、完全に取り憑かれていたのかもしれない。

古代の魔王の叡智に――魔王遺物の存在に。

あるいは、その人智を超えた神秘と力の存在――禁忌教典に。

（恐らくは……この頃から、アリシア三世は、少しずつおかしくなっていったのかもな……）

やがて、アリシア三世は、監視や封印の名目で《嘆きの塔》の上に、国営の魔術学院を作った。その一帯は霊脈も良好で、学院を建てるにはちょうど良かった。こっそりと隠れて研究を続けるにも都合が良かった。

四百年の歴史を誇る、アルザーノ帝国魔術学院の――グレン達の舞台の誕生だ。

それから、しばらくの間、アリシア三世は、密かに自分のものにして隠匿した発掘物や資料で、独自に古代文明の研究を続けながら……魔術学院の運営に心血を注いだ。

その理由は簡単だ……《嘆きの塔》の最深部《叡智の門》の先へ至る道の探索攻略に、完全に行き詰まっていたからだ。

《嘆きの塔》――所謂、魔術学院の地下迷宮の地下10階から49階は《愚者への試練》と呼ばれる領域であり、探索危険度はＳ＋＋。

当時の貧弱な魔導技術や探索装備では、到底、歯が立たない領域だったのだ。

魔導技術の発展を待つしかない。これぱかりは……待つしかない。

アリシア三世は研究を続けながら、魔導技術の発展を待ち続ける。

「知りたい……見たい……ッ！　あの扉の向こう側を……ッ！　古代文明を支配していた恐るべき力を持つ魔王……その魔王が残した魔王遺物……それを手に入れたい！」

そんな渇望に衝き動かされて、アリシア三世は研究を続けた。

「そして、絶大な力を持つ魔王すら求めて止まなかったという禁忌教典……その正体を知りたい！　その手がかりはきっと、あの《叡智の門》の向こう側にある……ッ！　なんとかして……なんとかして……なんとかして……私は……………ッ！」

アリシア三世の研究は続く——

（まず、この世界の在り方に関する常識を捨てよ。世界の捉え方を改めねば、真実を理解することは到底できない）

（まず——この世界は、多次元分枝宇宙である。理解すべし。

あらゆる生命の魂が辿る輪廻転生の経路『摂理の輪』の回帰点であり、人の全ての記憶が回帰する集合無意識の第八世界『意識の海』、その最深中心点たる、全ての生命の根源『原初の魂』……この世界で、あらゆる存在に先んじて生まれた、最初の『一』。

全ての分枝宇宙は、この最初の『一』……零特異点『原初の魂』から、発生した〝木〟のようなものに過ぎず、私達の住んでいる世界は、その〝木〟に生える枝の一本に過ぎない。……この〝木〟を次元樹と呼び、〝枝〟を分枝世界と呼ぶ)

(外宇宙とは、この次元樹の外側のことだ。その外宇宙では、我々人間の想像を絶する力を持つ怪物達がひしめき合い、覇権を争い続けている。億年？　兆年？　あるいはもっと永遠に近い時を？　彼らにとって人の一生など一瞬の火花のようなものだろう)

(私が隠匿した古代文献から示唆される外宇宙の存在は……荒ぶる紅蓮の獅子《炎王クトガ》……誇り高き輝く者《金色の雷帝》……風統べる女王《風神イターカ》……虚無に嗤う道化《無垢なる闇》……正体不明の謎の神性《神を斬獲せし者》……)

(そして、双子の姉妹神《天空の双生児》)

(基本、彼らに善悪はなく、彼らはただ無色の暴威であり、力に過ぎない。だが、我々矮小なる人間にとっては、まさしく〝神〟と呼べる存在だろう。信仰上の概念神ではなく、実在する脅威としての意味でだが。私はこれを、〝外宇宙の邪神〟と呼ぶ)

(さらに特筆すべきは、外宇宙の邪神達の最高神格とされる《門の神》だろう)

（彼の者は《天空の双生児》の親神とも言われ、時間と空間の法則を超越し、全ての時空と共に存在し、あらゆる次元樹に身を接し、『原初の魂』にも続いているという超規格外の存在……それこそが《門の神》）

（ああ、見えてきた……ついに見えてきた！　研究と考察を重ね、私にも禁忌教典の正体が見えてきた……ッ！　素晴らしい……こんなことがあるなんて！）

（先日、判明したように、メルガリウスの天空城が《門の神》と交信するための施設だとするのなら……魔王が求めた禁忌教典の正体とは、恐らく――……）

ザーーーーーーーーーーーーーーーーーーーーッ！

【検閲削除済み】

「ぐぁぁああああああああーーッ!?」

アリシア三世の追憶に耽っていたグレンは、突然、頭を殴られたような痛みに襲われて我に返る。追憶が打ち切られ、意識が強制的に書架の前へと戻って来る。

『どうしたの!?　グレン！　何があったの!?』

逼迫した表情で覗き込んで来るナムルスの顔が、朦朧とするグレンの視界に映った。

「ちぃ……くっそ、肝心なところでよ……はぁー……はぁー……はぁー……」

『酷い汗と顔色よ？　大丈夫なの？』

「ああ、問題ねえ……正直、どっかのアホがこんな悪戯しくさっていた時点で、大体、そんなこったろうとは思ってたよ……」

グレンは呼気を整え、汗を拭う。

「だが……そのどっかのアホも、流石に都合の悪い事実の全てを、検閲削除することはできなかったみてーだな……何かを伝え残そうとするアリシア三世の執念だろうよ」

『……そう』

どこか心配そうに表情を曇らせるナムルス──こんな顔をするなど意外も意外──を尻目に、グレンは再び書架へと立ち向かう。

読めない部分は、飛ばすしかない。

「……行くぜ、続き……」

──。

「そうか……彼女はやはり、密かに研究を続けていたか……」

とある、どこかの屋敷の応接間に。

テーブルを挟んで、ロランとルーシャスの二人が向き合っていた。

「ルーシャス。知っていながら、なぜ、止めなかった？　なぜ、ずっと見ているだけだったのだ？　……我が友よ」

「すまない。ただ、彼女に夢を諦めて欲しくなかったんだ……僕が愛したのは、夢を追う彼女だったから……」

「……まぁ、絶対に研究成果を表に出さないと誓えるなら……かくいう僕もやはり、今さらなかったことにはできないとは思っていた。気になることもあったしな」

すると、ロランが懐から一枚の羊皮紙を取り出す。

そこには、Zの字を一筆書きで何度も重ねたような奇妙な紋様が描かれている。

「すでに、表に出ている魔王遺物もあるかもしれない……そういうことだ」

「それは……『無垢なる闇の印』？」

「そうだ。外宇宙から邪神の眷属を招来する巫女達の身体に刻まれていたという印だ……魔王に仕えた神官家のその一族は、〝正義の魔法使い〟によって、滅ぼされたと古代の文献にはあったが……様々な当時の状況描写から判断するに、ひょっとしたら、この現代にもまだ生き残りがいるのではないか……そんな可能性が浮上してね」

「⁉　まさか、そんな……ッ⁉」

「もし、それが悪用されれば、世界は滅ぶだろう。早急に確認し、保護せねばなるまい。

その生き残りの一族がいるとして……一体、今はどこで何をしているのか。僕は独自の調査結果から、その生き残りの一族は、隣国……レザリア王国にいると踏んでいる」

「おい、ロラン⁉　まさか――」

「そのまさかだ」

ロランが、決意を秘めたように立ち上がる。

「僕はこれから、レザリア王国へと向かうつもりだ」

「よせ、ロラン！　一体、何を考えている⁉」

そんなロランをルーシャスが必死に止める。

「君は、五年前『メルガリウスの魔法使い』を出版したばかりだろう⁉　その時、聖エリサレス教会教皇庁がどんな反応をしたか忘れたか⁉　下手したら――……」

だが、ロランはそんなルーシャスの説得を強い意志を以て退けた。

「知ってしまった者の責任さ。これは、今は懐かしいあの日、フェジテで禁断の箱を開いた者達に課せられた義務なのだろう。……知ってしまった以上、責任を放り出して、知らぬ存ぜぬ振りをするのは……到底、学者の……魔術師のすることではない」

ロランの決意が堅いことを見て取ったルーシャスは、最早止めることなどできない。

「気をつけてくれよ、我が友。僕は一緒に行ってはやれないが……」

「ああ、わかってる。君はアリシアの傍に居てやってくれ。親戚を名乗るのもおこがましいほど、遠い親戚関係であるとはいえ……僕の可愛い妹分だ」

「……アリシアのことは任せてくれ」

「ふっ、任せた。なーに、心配しないでくれ、上手くやるさ。こう見えて、僕は超強いからな！　僕がかの《天曲》の使い手であることは知ってるだろう？」

「ああ、そうだな……君なら大丈夫だ……信じているよ」

そう言って。

その夜、二人は、静かに酒を飲み交わす。

だが、後日、レザリア王国へと旅立ったロラン＝エルトリアが、再びアルザーノ帝国の地を踏むことは――二度となかった。


――。

「………、………」

『どうしたの？　グレン。何かおかしな所が見つかった？』

「……いや、ちょっとな……」

また一つ、追憶を終えて、グレンが書架の前で息を吐いた。

「なんか……色々としんどいぜ。先人達の苦悩を覗き見るのはな……その結末を、すでに歴史的な事実として知っているだけに……なおさらだ」

『……それはただの無意味な感傷よ。引き摺られないで』

ナムルスがそんなグレンを叱咤するように言う。

『心を強く保ちなさい。ただでさえ、今、貴方は人の記憶という深淵を覗いているの。〝汝が深淵を覗き込む時、深淵もまた汝を覗き込んでいる〟……油断をしていると、戻って来られなくなるわ。貴方の帰還を待つ者達がいるということを忘れないで』

「……やっぱ、お前ってさ」

グレンが少しからかうように言った。

「一見、他人なんかどーでもいいって感じのスレた冷たい奴に見えて、その実、かなりウエットだよな？　もっと、素直になれよ。そうすりゃ可愛くなんのに」

『ばっ⁉　な――ッ⁉　カワッ⁉』

するとナムルスが顔を赤らめて、言葉に詰まった。

『ふざけんなっ！　貴方ごときが私を口説こうなど、５８５３年早いわ！』

「……なんで、そんな細かく具体的な数字なんだ……？」

『いいから早く次、行きなさい！　時間が限られているのよ⁉　もうっ！』


――――。


ルーシャスに見守られながら、アリシア三世の古代文明の研究は続く――

――追憶を再開する。

（禁忌教典がもし、私の仮説通りのものだとしたら……それは、別の理論で再現できるかも知れない。魔王が禁忌教典へ至るために作ったルートを『神のルート』と称するのであれば、私の理論は、恐らく『人のルート』……だけど、それは、なんて悍ましいルートであることだろうか……流石に、実践は躊躇われる）

アリシア三世の研究は続く――

(そもそも、魔王と呼ばれる人物は何者なのか？　《天空の双生児》の加護を受けた人間……本当にそれだけなのだろうか？　禁忌教典を手にしてまで、果たしたい使命とは……いかなる物なのだろうか？)

(魔王の存在本質の検証と推察は、禁忌教典へと近付く大きな手がかりとなるかもしれない。……相変わらず《嘆きの塔》の攻略は進まない。気が焦れる)

(そもそも、《叡智の門》は固く封印されているらしく、仮に到達できたとしても、現状、その向こう側には進めないだろう。どうやら、魔将星の一柱《白銀竜将》ル＝シルバがその扉の封印に関係しているようだが……詳細不明。要・調査)

(しばらくは、魔王についての文献集めと解読に、研究時間を費やす予定)

――アリシア三世の研究は続く――

(――以上の考察と文献より、どうも、魔王はこの世界の人間ではないようだ。私達が住むこの分枝世界とは違う分枝世界……陳腐な言い方をすれば、異世界からの来訪者、とい

うことになるらしい。なぜ、この世界にやって来たかは不明。要調査）

――アリシア三世の研究は続く――

（素晴らしい！　これは偶然か、あるいは必然か――私は、魔王と戦っていたという〝正義の魔法使い〟の剣を、ラスタの古戦場で発掘、入手することに成功したのだ！）

（この剣の刃に、魔王と思しき人物の魂の欠片が、微かにこびりついていたのだ！）

（この魂を調べれば――私は、魔王という人物の正体と本質に近付けるかもしれない！）

（魔王とは――……）

――そして。

ザーーーーーーーーーーーーーーーーーーーーーーッ！

【検閲削除済み】

「ぁあああああああああああああああああああああああああああああああああああああ
あああああああああああああああああああああああああああああああああああああああ
ああああああああああああああああああああ――ッ！」

研究室に、アリシア三世の絶叫が響き渡っていた。

「――ッ⁉」

まるでこの世界の絶望という絶望に押し潰されたかのような、その魂切る絶叫とその形相に、傍観者であるグレンは思わずぞくりと背筋を震わていた。

「なんてこと……ッ！　あああ、なんてことなの……ッ！　なんて、悍ましいッ！　こんな、こんなことってぇええええーーッ⁉　ああ、知るんじゃなかった！　知りたくなかったッ！　こんな……こんなぁ……ぁああああああああああああーーッ！」

もう――そんなアリシア三世の姿に、かつての花咲くような美少女の面影はない。

ただ――人生の全てを費やして、絶望と後悔の深淵へと飛び込み、闇の中から引き返せなくなってしまった憐れな女の姿が、そこにはあった――

「ああ、道理で、我がアルザーノ王家の一族に女ばかりが生まれるわけだわ！　全て、かの古の魔王に仕組まれていたことだった！　私達は孕み袋なんだわ！　《天空の双生児》という悍ましき冒瀆的怪物を生むためのッ！　そのために、女ばかりが生まれる呪いが、魔王によってこの血にかけられていた！」

「悍ましい！　なんて悍ましいッ！　この身に流れる呪われた血が悍ましいッ！　このアルザーノ帝国は……古代の魔王が、再び《天空の双生児》の加護を得るために作った……禁忌教典を手にするために作った、広大な魔術儀式場だった！　アルザーノの民は……そのために畜産増殖された家畜……生贄だった……ッ！」

「ああ、そうよ、間違いないわ……　〝正義の魔法使い〟に倒された魔王は――　〝今も生きている〟ッ！　〝生きて、この世界のどこかに潜んでいる〟ッ！　だって、だって、だって――《封印の地》……《封印の地》で、私は見たもの……ッ！　私の……我が王家の家系図を……家系図、家系図、家系図……ああ、魂紋……魂紋がぁ、ぁあああ、ああああああああああああああああああああああああああああああああーーッ！」

「遥か遠き後世……我が聖なる王家の血筋から、悪魔の化身が生まれ落ちるんだわ……この国に災いをもたらし……世界に終焉をもたらすんだわ……うひ、ひひひ……させない……そんなこと……させないわ……ッ！　この国は、民は、私が守、守るあははは……ひゃはははははははははははははははははははははははははーーッ！」

　と、その時だ。

「どうしたんだ!?　アリシアッ！」

その部屋に、ルーシャスが飛び込んで来る。

尋常じゃないほど乱心したアリシアを抱きしめ、必死に呼びかける。

「落ち着いてくれ……落ち着いてくれ、アリシアッ！　一体、何があった⁉」

「あああ……ルーシャス……私の愛しい貴方……ぁあああ……ッ！」

泣きじゃくるアリシア三世が、ルーシャスを抱きしめ返す。

躁鬱が激しすぎて、もうとてもまともな精神状態には思えなかった。

「ああ……貴方……貴方……私……私はぁ……ッ！」

「大丈夫だ……落ち着いてくれ、アリシア。僕がついているから……だから……」

だが。

…………。

「ねえ、ルーシャス。ひょっとして……貴方もなの、か……？」

突然、不意にぴたりと落ち着き払ったアリシア三世が、奇妙なことを言い始める。

今までの躁鬱っぷりからは信じられないほど、感情のない表情だ。

「……は？」

当然、わけがわからないルーシャスが、呆気に取られる。

「な、何を言っているんだい？　アリシア。僕は……」

すると、アリシア三世はすっと、ルーシャスを押しのけて、離れて。

「……ああ、そうなのね……貴方もそうなのね……そうに違いない……そうに決まってる……そうに決まってるわ……はは……あははは……」

呆然とするしかないルーシャスの前で、アリシアは壊れた泣き笑いを浮かべながら……

一丁の拳銃を取り出した。

——見覚えがある、火打ち石式拳銃だ。

その銃口が……狼狽えるルーシャスの眉間へと向く。

「あ、アリシア……やめて……やめてくれ……」

青ざめ、怯えるルーシャスが後ずさりする。

「あはは、はははははは……そうよ……そう……きっと、貴方も、そう……」

そんなルーシャスを、アリシアが追い詰める。

そして、その銃の引き金を——

「貴方は……貴方はぁあああああああああああああああああ——」

「あ、アリシアぁあああああああああああああああああああーーッ！」

ずどんっ！

【検閲削除済み】

――――。

それからは、特に見るべき物はなかった。

この頃から、正気と狂気、二つの人格に分裂していったアリシア三世の、悲惨で憐れな迷走と末路の軌跡が、書き殴られているだけだった。

（…………）

グレンは、そんなアリシア三世の追憶を、無言で見守り続ける。

アリシア三世は、古代文明を支配した魔王が、いつか《天空の双生児》と共に、この世界へと再降臨し……そして、《禁忌教典》を手にして、世界を破滅させると確信していたようだ。

それに対抗する力を得ようと、様々な研究に手を出した。

魔王の《禁忌教典》に対抗するため、《Aの奥義書》を作ろうと、アルザーノ帝国魔術学院に裏学院を作り、禁断の手段に出た。

（裏学院と言えば……魔術学院の教育改革に、模範クラスの連中との戦い……イヴのやつが左遷されてきたのも、この時だったよなぁ）

また、密かに蒼天十字団を結成し、禁断の魔術を幾つも研究させた。

【Project : Revive Life】は、魔王に立ち向かう英雄クラスの人材を、いつか来るその時に備えて、保存したいというアリシア三世の常軌を逸した発想から始まったらしい。

密かに行った古代遺跡都市マレスの《復活の神殿》の調査研究結果から、アリシア三世はそのようなプロジェクトを発足させる。

（古代遺跡都市マレスの《復活の神殿》……ああ、俺とアルベルトの野郎が、ガチでやりあった、あそこか……）

万が一の時は《嘆きの塔》を、フェジテごと消し飛ばすことも考えていた。……

【Project : Flame of megido】が、フェジテの霊脈に仕掛けられていたのは、そのためだ。

（ったく、フェジテ最悪の三日間……ジャティスの野郎におちょくられて、《炎の船》に乗り込んで……今となっては、遠い昔の話のように思える……）

そして――あの日、ルーシャスを失った日を境に、アリシア三世は、異能者と呼ばれる人外の能力者に、徹底した差別と弾圧を行うようになる。

いつかの未来、己の血統から生まれてくる《天空の双生児》を一種の異能者と考え、それを根絶する慣習を、帝国に広めたいがためだ。

アリシア三世は異能者は悪魔の化身だと一般市民に吹聴し、探し出して捕らえては、見せしめのように殺す……等という暴虐も繰り返すようになったようだ。

その事実は王家の威信に関わるため、闇に葬られたが……

（その差別的行為自体は、やはり異能者へ畏怖を覚える人々の社会の中へ、消えず浸透していったんだろうな……それが、今日まで社会問題となっていた、異能者差別の礎となったのだろうよ。……ご先祖様、アリシア三世が作り出しちまった風潮を、ルミアの母親

……アリシア七世が苦労して改善する……なんとも皮肉な話だ)

徐々に正気が失われ、狂気に侵食されていく焦燥感の中、アリシア三世の魔王と破滅に抗う孤独な戦いは続いていき、続いていき、続いていき——

そして——

——ふと、気付けば。

グレンは塗り潰されたような闇の中で、アリシア三世と対峙していた。

「…………」

「この手記を読んだ、貴方」

アリシア三世が、希うようにグレンへと告げた。

「この手記の内容は……全て事実です」

「…………」

「いつか、魔王は世界に君臨するでしょう——《天空の双生児》と共に。今は、どこかに隠れ潜んでいますが……いずれ必ず」

「…………」

「そして、彼は帝国の人々を生贄に、禁忌教典(アカシックレコード)を手にし……この世界に終焉をもたらすでしょう。救いという名の終焉を。それが……かの古(いにしえ)の魔王の真なる目的」

「……………」

「私は、人が人らしく在れる世界こそ、真なる平和、真なる人の願いだと思います」

「……………」

「けれど、残念ながら……魔王に抗う〝正義の魔法使い〟はもう居ません。魔王に抗うには、皆(みな)一人一人が、〝正義の魔法使い〟たらんとするしかないのです」

「……………」

「この手記を読んだ貴方……どうか、〝正義の魔法使い〟とならんことを。誰(だれ)も何も知らず、気付かず、ただ滅(ほろ)びの道を歩み続けるこの国を、この世界を守るために……」

「……………」

「貴方が、正位置の愚者(ぐしゃ)であらんことを。眠(ねむ)りから目覚めることで新しい可能性を切り開く、真なる賢者(けんじゃ)であることを祈(いの)って……どうか、この世界を……」

「……………」

　そして。

「それだけが……私の望みです」

そう言って。

アリシア三世は、その目をそっと、閉じるのであった──

──。

──。

「…………」

グレンの意識が戻る。

グレンは書架に手をつき……ただ、呆然と佇んでいる。

『……どうだった？』

グレンが戻って来たことに気付いたナムルスが、グレンへ言葉をかける。

「……色々とスケールと情報量がデカ過ぎて、正直、混乱しているぜ」

ぼそり、と。グレンが返す。

「ただ、はっきりわかる、やるべきことがある。まずその一、《封印の地》を暴き、そこで魔王とやらの正体に繋がる何かを探す」

『…………』

「そしてその二、アルザーノ帝国魔術学院の地下迷宮《嘆きの塔》の攻略だ。地下89階にある《叡智の門》の向こう側にある何かを、魔王とかいうクソ野郎よりも、早く押さえなければならねえ」

『…………』

「ま、二つ目は後回しでもいいかな。なにせ、門番の《魔煌刃将》アール＝カーンはぶっ倒したし、俺達は地下迷宮のショートカットの裏技を知ってるからな！　ああ、タウムの天文神殿から、ルミアの異能を使えば――」

と、その時だった。

グレンは――ふと、思い出す。

以前、タウムの天文神殿の遺跡調査をした、あの時の事件にて。

迷宮から帰還する時、ナムルスと最後にかわした会話を。

――グレン……近い将来……貴方はもう一度だけ、あのタウムの天文神殿をセリカと共に訪れることになる……

――はぁ？　バカ言え、二度と来るかよ、あんなとこ。もうこりごりだっつーの。

──そして、その後……貴方は大きな選択を迫られるわ。貴方は、貴方にとって掛け替えのないもの達を天秤にかけなければならない……

──予言者か何かか、てめぇは。

「……ナムルス。お前は……」

『今は、論じている場合じゃないわ』

グレンの疑問を先んじて制するように、ナムルスは部屋の隅の時計へ目を向けた。

『もう時間がない。全てはここを脱出してからよ』

「……ああ」

『で？　わかったの？　この世界に介入した異物の正体が。貴方が銃で撃ち抜くべき対象は。それがわからなければ……全てがここで終わるのよ？』

「……………………」

グレンが押し黙る。

目を閉じて、物思いに耽り始める。

『ねぇ、グレン……見て、時計。……時間がないの』

「……………………」

グレンは、今まで見てきた記憶の光景を思い出す。思い出す。思い返す。

『……もう再追憶する時間もない……ねぇ、グレン……どうなの……？』

不安げに、縋るようにナムルスがグレンを見つめる。

そんな中、グレンは思い返す。思い返し続ける。

アリシア三世の苦悩の人生を――思い返し続ける。

『……ねぇ、グレン！』

そして――

しばらくの沈黙の後――グレンが目を開いて、言った。

「ああ、もちろん、わかったぜ！」

そう言って――

グレンは火打ち石式拳銃を、自分のこめかみに押し当てていた。

『……な、何をやっているわけ!? 何をこんな時に、バカなことを！』

ぎょっとして、狼狽え始めたのはナムルス。

『確かに、今の貴方は生身じゃなく精神体……撃っても死にはしないだろうけど、精神にどんな影響をきたすかわからないわ！ くだらない冗談は――ッ！』

「冗談じゃねえ、大マジさ。それなりに根拠はあるぜ？」

　だが、対するグレンはひょうひょうとそう返す。

「この手記の中身は、アリシア三世の記憶。アリシア三世が、手記に書き残した記憶を追体験する……そうだよな？」

『ええ、そうみたいね！　それがどうしたのよ⁉』

「だとしたら……おかしくねえか？」

　グレンが、机に倒れ伏すアリシア三世の遺体を見やる。

「これは……このシーンは、誰がどう考えても、狂気に陥ったアリシア三世の晩年……拳銃自殺をした最期のシーンだ。……違うか？」

『だとしたら、何よ⁉』

「わからねーか？　誰が、そんなシーンを、手記に記載したんだ？」

『────ッ⁉』

　グレンの指摘に、ナムルスが息を呑む。

「おかしいだろ？　自分が自殺した記憶を、どうやって手記に書き残すんだよ？　本人、もう死んでるじゃねーか。よもや、幽霊が書いたってのか？」

『そ、それは……そうだけど……』

「……後、気になる点がもう一つ。手記内容の追憶は、ほぼ第三者視点だった。つまり、俺が傍観しているような感じだな。まぁ、そういう仕組みなんだと言えば、それまでなんだが……それにしたって、絶対的におかしいシーンが一つあった」

ちらりと、グレンがとある書架の一角を流し見る。

「で、俺は思ったのさ。こりゃきっと、アリシア三世の記憶に、別の何者かの記憶が、部分部分で上書きされているんだってな。この手記は、アリシア三世の怨念であり執念……なんとしても、後世に事実を残すっていう強い意志が働いている。だから、多分、【検閲削除】ってのは、こういうやり方じゃないと出来なかったんだろうよ」

『そ、それがどうして、貴方の拳銃自殺に繋がるわけ……？』

「おいおい、案外鈍いな？　思い出せよ。アリシア三世の最初の言葉を」

〝うふ、うふふふ……来たんですね？　貴方。でも……終わりです〟

〝貴方の思い通りには——させない〟

〝無駄ですよ？　この手記は……いくら貴方が隠匿しようが、封印しようが、破壊しようが、必ずあの場所へと戻ってくる……私の意を継ぐ者の手に渡るまで……そういう存在です。この私の……最後の意地ですから〟

『あ……』

「そうだ。最初に、俺がこの部屋にやって来た時……アリシア三世は、俺にそう言った。死人は手記を書けねー。つまり、この自殺シーンが、アリシア三世が、自殺の間際、最後に話していた誰かの追憶であることは、明白。

そして、その誰かの追憶が、俺の視点と重なっているということは……その誰かは、俺の中に居るってことだ」

どんっ！

グレンが迷いなく引き金を引く。咆吼する銃口。

だが、グレンの頭が吹き飛んで、血と脳漿がぶちまけられる——ということはなく。

「……ぐわぁああああああーーッ!?」

グレンにぴたりと重なっていた何者かが、頭を撃たれた衝撃で、グレンの身体から飛び出し——その勢いのまま、書架に叩き付けられていた。

グレンは床に倒れ伏すその人物に、銃口を突きつけながら告げる。

「ふん、小賢しい真似しやがって……基本、三人称視点の追憶・追体験なのに、最後のシーンだけ、あえて、俺と視点を重ねる一人称形式にしたのは……知られたくなかったんだろ？　自分の正体をよぉ……なぁ⁉　ルーシャスさんよぉ⁉」

「〜〜〜〜〜〜ッ⁉」

　そんなグレンの指摘に、床に倒れ伏した男――ルーシャスが、嚙み付くように、グレンを見上げるのであった。

「この最後の自殺シーン……本来、俺が干渉出来ないはずの追憶の世界に、色々と干渉できたのは、俺と視点を重ねるその一人称形式のお陰だったってわけだ……要するに、俺も登場人物になるわけだしな。

　ふん、お粗末な仕事だぜ？　自分の記憶を、アリシア三世の記憶に重ねることで、色々と都合の悪い事実を削除したはいいが……混ざってたぜ？　てめえとロランの二人きりのやり取り……アリシア三世の追憶だとしたら、絶対ありえないシーンがよ？」

「くっ……」

「検閲削除の問題シーンに何があったか知らんが……てめぇの正体は、手記の内容と、消された前後の文脈から大体、予想つくぜ？

　検閲削除された内容は……恐らく、〝魔王の正体〟について！　それを隠したいやつなんて……そんなん考えるまでもねえ！　てめぇが、古代の魔王なんだな⁉」

すると。

ルーシャスは、妙に落ち着き払った様子で立ち上がり、服の埃をぱんぱんと払いながら、にっこりと微笑み、手をぱちぱち叩いて言った。

「ご名答」

そんなあっさりとした肯定に、ナムルスもグレンも驚愕を表情に浮かべる。

『は？　貴方が……魔王？　……え？　どういうこと……？　なんで……？』

特に、ナムルスの狼狽えぶりは、凄まじかった。

『嘘よ……そんなの、絶対に嘘……ッ！』

なぜか、わなわなと震え、信じられないとばかりに目を見開いている。

だが、そんなナムルスの問いに応じることなく、むしろ、あえてナムルスを無視するように、ルーシャスは言った。

「より正確には、この僕は、当時、僕がルーシャスという人間だった頃の記憶の残滓……思念体のような存在に過ぎないけどね。今の僕が、どこで、誰になっているのかは、流石にわからないな」

「ああ⁉　どういうことだよ⁉」

「答えると思っているのかい？　眠れる愚者は眠ったままでいればいいのさ」

そう言い捨てて、ルーシャスは虚空に印を描いた。

Zの字を一筆書きで何度も重ねたような奇妙な印だ。

虚空に描かれたその印は、真っ黒な光を放って妖しく輝き――

闇が――落ちてくる。

悍ましき怪物がその顎を開くように、虚空に門が開く。幾つも開く。

そして――


……ぞるり。


グロテスクな深海魚をごちゃごちゃに混ぜて、牙の覗く口や目玉が至るところに付いている汚泥のような不定形の怪物が、その無数の門から大量に部屋内へと落ちてくる。

べちゃり。

また、べちゃり、と。

怪物達が、壊れた蛇口のように、ドバドバと落ちてくる。

その不定形の怪物達は、ぎょろりと目をグレンへ向け、蠢きながら迫って来る。

その冒瀆的生物を前に湧き起こる心理的嫌悪感と恐怖に、グレンは思わず息を呑んだ。

『グレン！　こいつらは――』

ナムルスがグレンを庇うように立つが、元々、亡霊のような存在に過ぎない彼女にはどうしようもない。

『くっ、こんな閉じた世界じゃどうしようもない……逃げ場もない！　どうしたら――』

「ふっ……君の探索はここで終わりさ」

ルーシャスは大仰に手を広げながら、グレンへと宣告する。

不定形の怪物は室内を埋め尽くし、グレンとナムルスをすっかり囲んでしまう……

「何も知らない愚者は、何も知らないまま永遠に目覚めない。せめて、安寧と混沌の闇の中で、愚かで良き夢を見続けると良い……愚者らしくね」

勝ち誇ったように、そう告げるルーシャス。

だが――

「へっ！」

――グレンは、そんなルーシャスの言葉を一笑に付していた。

「何がおかしいんだい？」

「……まぁ、そろそろだろうと思ってな？」

ぴん！　と。

グレンが親指で、結晶を頭上に弾き……眼前に落ちてくるそれを、左手で引っ掴む。

黒魔改【イクスティンクション・レイ】。

セリカ＝アルフォネアが二百年前の魔導大戦で編み出した、限りなく固有魔術に近い神殺しの術。炎熱・冷気・電撃の三属呪文を強引に重ね合わせることで生み出した虚数エネルギーによる分解消滅の術。

グレンが取り出した結晶は──その起動に使う魔術触媒《虚量石》だ。

「ふっ……させないよ！」

だが、不定形の怪物の速度は凄まじく、四方からあっという間にグレンを呑み込もうと迫って来る──まるで津波のように。

グレンが為す術もなく、不定形の怪物に呑み込まれようとしていた──

──まさに、その時だった。

「先生ぇーーッ！」

ごおおおおおおおっ！

耳を劈くような轟風が、無数の刃の嵐となって、グレンの周りを渦巻き──不定形の怪物達をバラバラのミンチにして押し返す。

「させませんッ！」

突然、虚空に穴が開き、不定形の怪物達がそこへ吸い込まれていく。

「いいいいいいやぁああああああああああああああーーッ！」

さらに、青い稲妻と化して舞い降りた何者かが大剣を振るい、不定形の怪物達を吹き飛ばしていく。

「何――ッ!?」

ルーシャスが気付けば。

グレンの周囲に、三人の少女達が舞い降りていた。

システィーナ、ルミア、リィエルであった。

「助けに来ましたよ！」

システィーナが、ぴっ！と一枚の紙切れをグレンに見せる。

フォーゼルの用意した鍵式だ。

「おお、サンキュー。まぁ、そろそろ来てくれる頃だと期待していたぜ？」

「今、どんな状況ですか!?」

「あのスカし野郎をブン殴れば、終了！以上！」

「ん！　わかった！　斬る！」

三人の少女達が、ルーシャスを睨み付ける。

「ま、というわけさ」

そして、左手を構えるグレンが、静かに魔力を高めながら不敵に宣言する。

「俺には可愛くて、頼もしい生徒達がついてるんでね？　最初から、100%俺の勝利確定だったわけだ。ま、バカ騒ぎは終いにしようぜ？　古本野郎」

「……飛んで火に入る夏のなんとやらだよ、君達。……蛮勇は勇気に非ず。好奇心は時に猫をも殺す。……魔術師の死病だよ」

当のルーシャスは、三人娘の登場に、肩を竦めて冷ややかな溜め息を吐く。

「まぁ、いいさ。君達にはここで闇の中に消えてもらおうか」

そう言って、ルーシャスが指を弾く。

再び不定形の怪物達が大量に現れ、一同を呑み込まんと津波のように迫って来る。

だが――

「《我に従え・風の民よ・我は風統べる姫なり》――ッ！」

黒魔改弐【ストーム・グラスパー】。

システィーナが全方位自在に操る暴風が、迫り来る不定形の怪物の進攻をがっちりと受け止め――

「――私の鍵よ！」

ルミアが掌を前方へと突き出し、その先に浮かぶ銀色の鍵を——ぐるりと回す。
その鍵から、銀色の眩い光が溢れて——
がちゃん。がちゃん。がちゃん。
不定形の怪物が、次から次へと零れ落ちてくる虚空の門が、次々と閉じていく。
そして——
「いいいいいいぃぁあああああああああああああーーッ！」
リィエルが神速で大剣を横一文字、一閃。

カッ！

上下に分かたれた不定形の怪物。
だが、そういう怪物に、リィエルの物理攻撃は無意味にも思えたが……
『43ほ@gmjr－あぴjq@あhsこえ4＊t04☆75x〜〜〜ッ!?』
……斬られた不定形の怪物は、耳がねじくれるような奇妙な叫びを上げて。
ザァ……
細かい塵のようなものになって、霧散していった。

「なんだ、随分脆い怪物だな、おい？　見た目ほどじゃねーってやつか？」

グレンが魔力を高めながら、減らず口を叩く。

「馬鹿な……なぜだい？　なぜ、君は、無垢なる闇の眷属をただの剣で滅ぼせる？」

当のルーシャスは、訝しむようにリィエルを見つめている。

「それは、君達の下等魔術で殺せる連中じゃないんだけど……ひょっとして概念を……いや、もしかして〝開いた〟のかい……？　しかし、一体どうやって……？」

リィエルは深く低く、構えながらぼそりと返した。

「……なんか、よくわからないけど。最近、剣の先に金色の光がよく見える」

「何？　金色の……光？」

「ん。負ける気がしない」

そんなリィエルへ、左右から押し潰すように迫る怪物。

だが、リィエルは俊敏な獣のように身を翻し、躍動させ、大剣を二閃する。

やはり、不定形の怪物達は真っ二つに切断されて、吹き飛ばされ──

──そのまま、黒い塵となって、霧散していく。

「剣先に灯る金色……まさか、黄昏？　……それに……」

ルーシャスが、ちらりとシスティーナを見る。

「はぁあああああーーッ!?」

システィーナが巧みに風を操る。時に怪物を真空の刃で切り刻み、時に怪物を叩き付ける風の戦槌でぺしゃんこに押し潰す。

間断なく暴嵐が渦を巻き、しかし、まったくグレン達を巻き込むことなく、怪物だけを打ちのめしていく。怪物をグレンへ指一本触れさせない。

「……あの髪と魔力……まさか、イターカの神官家の末裔なのか?」

そして、さらにルーシャスがルミアを見る。

「リィエル！　システィ！　今だよ！」

ルミアの《私の鍵》による、空間凍結攻撃だ。

不定形の怪物が、空間ごと完全に固定されて――

「ありがとう、ルミアッ！　そこぉ！」

「いいいいいいいやぁあああああああああーーッ！」

身動きの取れなくなった怪物達を、システィーナの風が叩きのめし、リィエルの大剣が次々と滅ぼしていく……

「なるほど……我が天使はついに完成した……そういうわけか」

ふっ、と嬉しそうに微笑むルーシャス。

「だが、しかし困ったな。この状況は、流石に厳しいか……」

そんなルーシャスを前に。

「魔王だかなんだか知らねーが、しょせんてめえは、人の日記帳に勝手に書き込んだ、大昔の落書きに過ぎねー。そんなのに俺達が負けるかよ。さぁて、始めるぜ」

充分に魔力を練ったグレンが——呪文を唱えた。

「《我は神を斬獲せし者・我は始原の祖と終を知る者・——》」

システィーナ、ルミア、リィエルが不定形の怪物を抑えている間に。

「《其は摂理の円環へと帰還せよ・五素より成りし物は五素に・象と理を紡ぐ縁は乖離すべし・——》」

「へえ？　その呪文は……そうか、君は……」

グレンが唱える呪文に、ルーシャスは讃えるように手を叩いた。

「なるほど……どうやら、君達はただの愚者というわけではなかったらしい」

そして、くすりと楽しげに笑う——

「おめでとう、グレン。君は、ただの眠れる愚者ではない。目覚めることで新しい可能性を切り開ける、正位置の愚者だったよ。……だが、目覚めが遅かった」

くっくっくっと笑う。

笑い続ける。

まるで、決して脱せぬ沼の中で藻掻き続ける滑稽な者を嘲笑うかのように。

「もう遅い。何もかもが遅いんだよね。運命の歯車は動き始めた。全ては脚本通り。僕が求める禁忌教典は、もうすぐそこにある。この世界は、もう――」

だが。

そんなルーシャスへ。

やかましい、これが答えだ！　とばかりに。

グレンは――呪文を完成させた。

「《いざ森羅の万象は須く此処に散滅せよ・遥かなる虚無の果てに》――ッ！」

カッ！

グレンの左手から溢れる眩い光。

絶大なる魔力の胎動と奔流。

「くらいやがれぇえええええええええええー―ッ！」

前方へ突き出した左手から展開される、三つの魔術法陣。

そして――それを貫くように、超特大の光の衝撃波が放たれる。

それが、全ての不定形の怪物と、その中心に佇むルーシャスを容赦なく呑み込んでいって――

じゅっ！　極光の奔流に呑み込まれた怪物が一瞬で蒸発する。

その輪郭を白く融解させ――押し流されていく――

「しかし……とはいえ、君達は実に興味深い。イターカの神官。我が愛しき天使。黄昏の剣士。なんとまぁ、奇跡のようなこの取り合わせ。そして――……」

最後にグレンを見て、何かを言いかけて。

ルーシャスは……完全に……消滅していくのであった。

そして、そのまま、世界はどんどん白熱していき。

真っ白に白熱していき。

何もかもが、真っ白に染め上げられて――そして――

…………。

…………。

「──はっ⁉」

グレンが気付けば。

そこは──ホテル内のグレンの部屋であった。

自分は床に仰向けに倒れていて……その周囲を、システィーナ、ルミア、リィエルが囲み、グレンの顔を覗き込んでいる。

「……お前ら……」

そんなグレンの呟きに……

「ほっ……良かった……」

「先生……」

「ん」

システィーナ、ルミア、リィエルが三者三様の安堵の息を吐いていた。

「ふっ！　どうやら無事に戻って来られたようだな！」

「まったく、世話が焼ける……」

見れば、フォーゼルとイヴが、少し離れた場所で手を掲げ、その上に回転する魔術法陣を浮かべている。

グレンの無事を確認した二人は何事かを唱え、魔術法陣を解除するのであった。

「お二人は、本の世界にダイブする私達の命綱役を引き受けてくれていたんです」

「そうなんです。万が一の時、私達の精神をこっち側の世界に引っ張り上げることができるように」

「これ、結構な高等魔術ですから、その役はイヴさんとフォーゼル先生に引き受けてもらうしかなくて……」

システィーナとルミアがそんな風に説明していると。

ずいっ！

そんな二人を無遠慮に押しのけて、フォーゼルがグレンへと詰め寄っていた。

「さて！　そんなことより何が見えた⁉　教えてくれ！　かの高名なる魔導考古学者でもあったアリシア三世の手記——僕としても非常に興味がある！　さぁ、早く教えろ！　早く！　早く！　はや——……」

「《ちょっとは・自重・しろ》ぉおおおおーーッ！」

そんなフォーゼルを、イヴが改変呪文で起動した炎が燃やした。

「ぎゃあああああああああああああああああああーーッ！」

「貴方という人は本当に、もうッ！　自分が何をやったかわかってるの⁉　人が一人、廃人になりかねないところだったのよ⁉　まったく、グレンよりも最低な男がこの世界に存在したなんて思いもしなかったわ！　この！　このぉおおおーーッ！」

火だるまになっているフォーゼルに、蹴りを入れまくるイヴ。

そんな様子を、グレンが呆れながら眺めていると。

「まったくもう……あんまり、一人で勝手に変なことはしないでくださいよね？」

システィーナがどこかプリプリしながら。

「先生が一人で背負う必要はないんですよ？　落ち着いたら、話せることをどうか、私達にも話してください」

ルミアが穏やかな表情で。

「ん。わたしも何か手伝う」

リィエルがいつものように眠たげな表情で。

そんな三人娘の姿に、グレンはふっと微笑んだ。

「ああ、そうだな」

そして立ち上がり、コキポキと首を鳴らしながら言った。

「お前らには話すさ。……この魔術祭典が終わったらな。そん時は頼りにしてるぜ？」

そんなグレンの言葉に。

三人娘達は、にっこりと笑うのであった――

終章　先の見えぬ昏迷

グレンが、アリシア三世の手記の世界から帰還し、一夜明けて——

ついに魔術祭典最終日、決勝戦当日。

試合開始は午後からだというのに、こんな早い時間から、セリカ＝エリエーテ大競技場の観客席は、もうすっかり満員御礼状態だ。

誰もがアルザーノ帝国が勝つか、レザリア王国が勝つか……そんな話題で大いに盛り上がっている。

そんな最中。

セリカ＝エリエーテ大競技場から見て南東——つまり、自由都市ミラーノの中心にそびえ立つ、ティリカ＝ファリア大聖堂の大ホールにて。

アルザーノ帝国とレザリア王国の首脳会談は、どこかぴりぴりと張り詰めた空気の中、開幕した。

ホール中央に据えられたテーブルには、帝国と王国の首脳陣が並んでいる。

向かって右側の席には。

アルザーノ帝国女王、アリシア＝イェル＝ケル＝アルザーノ七世。

女王府官房長官グラッツ＝ル＝エドワルド卿。

女王府国軍大臣兼、国軍省統合参謀本部長アゼル＝ル＝イグナイト卿。

そして、アルザーノ帝国外務省各高官達。

向かって左側の席には。

聖エリサレス教会教皇庁、教皇フューネラル＝ハウザー。

聖エリサレス教会教皇庁、司教枢機卿ファイス＝カーディス。

聖エリサレス教会教皇庁、枢機卿アーチボルト＝アンビス。

そして、レザリア王国王家にて現国王、ロクス＝イェル＝ケル＝レザリア五世。

さらに、レザリア王国の外務大臣や各有力領主達。

左右に分かれた両国の要人達は、互いに牽制し合うような視線を送り合っている。

そんな中央のテーブルを囲むように設けられた周囲の傍聴者席では、この首脳会談の場を提供した自由都市ミラーノ市長やセリア同盟盟主を始め、その他、様々な周辺諸国の盟主や代表らが出席し、今回の会談の成り行きを見守っている。

なにせ、アルザーノ帝国もレザリア王国も、北セルフォード大陸の雄。

アルザーノ帝国は世界最先端の魔導技術で、レザリア王国はその広大な領土と人口で、北大陸において絶大な国力と影響力を誇る大国なのだ。

今回の会談における両国の成り行きが自国の未来すら左右しかねない……それゆえに、相席した各国の首脳達は固唾を呑んで、両国の動向を見守らざるをえない。

そんな相席する各国首脳の緊張が漂う中——

「本日は、このような会談の場を設けていただき、誠にありがとうございます」

先ずは、アリシア七世の形式通りの挨拶が始まった。

「そして、今回、催されることとなりました魔術祭典という数十年ぶりの平和祭典、それに合わせて、このような会談が実現したことは、祭典の意義を再認する、またとない機会かとも存じ上げます。本日は、両国の平和と発展に向けて、建設的な意見交換と議論が出来ることを心より願いますわ」

一同に向かって堂々と朗々と語り、朗らかな笑みを向けるアリシア七世。

そんな彼女の発言に、相席する各国首脳の緊張が微かに解れる。

なにせ、アルザーノ帝国は世界有数の軍事大国。そんな国の盟主が平和的会談に前向きならば、これほど心休まることはない。

だが、しかし——

「ふん、とても建設的な話が出来るとは思えぬな……貴様の如き劣等傍系の血とは」

いきなり、喧嘩を吹っかけるような発言に、会場の空気が凍る。

形だけはレザリア王国側の最上座に腰掛け、衣装だけは立派な痩せぎすの老人……レザリア王国の国王ロクス＝イエル＝ケル＝レザリア五世だ。

レザリア王国は、聖エリサレス教会教皇庁が政治主権を握る事実上の宗教国家だ。

おまけにこのロクス五世は、政務や統治を教皇庁に全て丸投げしており、完全に王とは名ばかりのお飾りの存在である。むしろ、敬虔なる聖エリサレス教信徒であるためか、教皇庁を神聖視・絶対視しており、積極的に服従しているきらいすらある。

そんなロクス五世が、アリシア七世を前に、嫌悪感を剝き出しで吐き捨てる。

「所詮、アルザーノ王家は、我が高貴なるレザリア王家から派生した劣等傍系に過ぎぬ。そのような劣等の、しかも女の盟主が率いる国と話し合いなどあり得ぬ。ましてや、間違った信仰を掲げる異端の国となど、何を語ることがあろうか」

「…………」

「このレザリアの真王たる私と話がしたければ、まず帝国国教会を解体して信仰を改め、全領土を奉上した上で、我が膝下に跪くが良い」

だが──

「お言葉ですが、ロクス五世国王陛下。それは不可能ですわ」

朗らかながら、毅然とアリシア七世が応じる。

「一主権国家、アルザーノ帝国盟主として、私が貴方に跪くことはあり得ない」

「言うたな、女……ッ！　貴様の身体に流れる血が一体、誰の物だと——」

「私の血は私の物です。他の何者の物でもありません。そして、歴史は後戻りできません。今はどちらが主系か傍系かを論じている場合ではなく、分かたれた二つの国の間にある現実的な問題の解決にこそ、目を向けるべき」

「だから、貴様らが領土を我に献上すればよかろう⁉　アルザーノ帝国王家は、レザリア王家の派生！　貴様の国は即ち我の国なのだ！　そうに決まっている！　こちらは戦争で貴様らの国を奪ってやっても良いのだぞ⁉」

「その考えの行き着く先は、両国の破滅です。現代の魔導技術は、四十年前の奉神戦争時代とはわけが違います。……勝てますか？　我々に。無傷で」

「ぐ——」

無能なロクスでも知っている。

というより、四十年前の戦争の当事者としての、苦々しい記憶が蘇る。

四十年前の奉神戦争——圧倒的に勝てると踏んで仕掛けた戦争は、アルザーノ帝国の思わぬ抵抗により泥沼化し、両国共におびただしい犠牲者が出た。

そして、犠牲者の数だけで言えば、レザリア王国の方が、アルザーノ帝国よりも何倍も上だった。痛み分けによる和睦……と言えば聞こえは良いが、事実上のレザリア王国側の敗北だったと言っても過言ではない。

ただ、当時の帝国側に、王国を接収制圧する余剰体力がなかった──それだけなのだ。

実際に最前線の現場で辛酸を舐めただけあり、信仰心に任せて無謀な宗教戦争を望む聖エリサレス教皇庁の強硬派より、ロクスの方が慎重だ。

そして、賢明なるアリシア七世が突かんとしているのは、まさにその王家と教皇庁の意識の齟齬に他ならない。政治的実権を失って久しいレザリア王家だが、教皇庁もその王家の影響力をまったく無視することはできないのだ。

「……無論、私としてもそのような結末は望みません。これからの時代、戦争などあってはならない。……だからこその会談なのです」

どこまでも物腰穏やかなアリシア七世の言葉に、ロクス五世や、帝国との融和路線反対派の王国首脳陣、教皇庁強硬派達が忌々しげに色めき立つ。

相席する各国の首脳達も、そのアリシア七世の風格と胆力に感嘆の息を漏らす。

融和派のファイス司教枢機卿や、教皇フューネラルも、ほっと息を吐いている。

早くもこの場を制しているのはアリシア七世。

「…………」

ただ、教皇庁強硬派の筆頭アーチボルト枢機卿だけが、不気味な沈黙を保ち続ける。

その顔色の悪さとは裏腹に、鋭く光る眼光で、その場を黙って睥睨し続ける。

「では——始めましょうか」

こうして——

アルザーノ帝国とレザリア王国の首脳会談は始まるのであった——

決勝戦開始、十分前。

「さて……そろそろ時間だな」

競技場入りをしたシスティーナ達が、最終作戦確認や精神統一など、試合前準備を念入りに行っていると、いよいよ、その時はやってくる。

「さぁ、行くぜ、お前ら」

誰もが緊張感に包まれる中、グレンに促されたシスティーナ達は、セリカ＝エリエーテ大競技場内の廊下を使って、中央の競技フィールドへと向かう。

だが、その途中——

「……ふん、来たな、異端者共」

廊下の丁字路で、もう一つの集団と遭遇した。

黒い詰め襟僧服に身を包む集団だ。

その集団の先頭に立っているのは、後ろにひっつめた髪と昏い瞳が特徴的な少年だ。

「マルコフさん」

油断なく少年を見据えるシスティーナに、レザリア王国ファルネリア統一神学校のメイン・ウィザード、マルコフ＝ドラグノフは蔑むように鼻を鳴らした。

「よくここまで勝ち上がってきたね。褒めてあげるよ」

「…………」

マルコフが尊大に、システィーナへ語りかける。

「正直、この巡り合わせを、この主の思し召しを、僕は感謝している。なにせ——公衆の面前で堂々と、君達、裏切り者を〝聖伐〟できるのだからね」

裏切り者とは、聖エリサレス教会教皇庁（旧教カノン派）から分派した、アルザーノ帝国国教会（新教バルディア派）のことを揶揄する蔑称だ。元々は同じ神を信仰する宗教であるがゆえか、旧教信徒の新教に対する信仰摩擦は凄まじい。

「君達の信仰と僕達の信仰……どちらが正しいのか。どちらに正義があるのか。今日、世界はそれを思い知ることになるだろうな」

だが。

「どうでもいいわ」

システィーナはにっこりと笑って応じた。

「は……？」

「どっちの宗派が正統とか、そんな宗教論争どうでもいいの。私自身、さほど熱心な信徒ってわけでもないし。たまに、休日に礼拝に顔出す程度だし」

肩透かしを喰って目を見開くマルコフに、システィーナが続ける。

「私が興味あるのは、貴方の魔術の技よ。貴方がどんな魔術戦を展開するのか。私はそれにどう立ち向かうのか。それが凄く楽しみだわ」

そう言って、不敵に、朗らかに微笑むシスティーナ。

だが、そんなシスティーナのひょうひょうとした態度は、マルコフの信仰心や矜持をすこぶる傷つけ、怒髪天を衝いたらしい。

「ふざけるなよ……ッ！　どうでもいいと？　僕達の神聖で崇高なる信仰を、君は貶めようというんだなッ!?　論ずるに値しない無価値なものだと……ッ！」

「別に貶めてないし、魔術の技を競う場に、思想や宗教は関係ない。それだけ」

「ああ、わかった！　わかったよ！　君達はやはり異端者だ！　悪魔だッ！　根本的に魂が腐っている！　バルディアの狂った信仰論に毒されているッ！　だから、まるで話にならないッ！　人の言葉が通じないッッ！」

取り合わないシスティーナへ、マルコフが目を怒らせてまくし立てる。

その熱に浮かされたように爛々とした目は、どこか常軌を逸しているように見えた。

「……精々、覚悟するが良いさ。君達を宗教裁判にかけてあげるよ。判決は死刑だ。幸い……試合中に殺してしまっても、それは〝事故〟だからね。まぁ、君達、異端者に相応しい末路さ……くくく、はははははは……ッ！」

昏く、低く、マルコフが笑う。

笑いながら、チームメンバーを引き連れ、システィーナとすれ違おうとする。

そんなマルコフへ。

システィーナは、ふと気付いたことを忠告した。

「ねぇ、マルコフさん。何か、貴方……顔色が悪いわよ？　体調は大丈夫なの？」

そんなシスティーナの言葉に応じることなく。

マルコフは、そのまま、去って行くのであった——

「いよいよ、だな」

システィーナ達と別れたグレン、イヴ、ルミア、エレン、リィエル、エルザは、いつものように関係者用観客席の定位置を陣取った。

その背後の席には、もう当たり前のように……

「いやぁ、楽しみだぜ！　まさか、本当にここまで来るとはな！　な、ウェンディ⁉」

「カッシュさん、貴方……昨日の今日でその図太さ、素直に尊敬致しますわ」

「まったくもう、これだから男子は……」

「あ、あはは……」

「そ、それより、皆……大丈夫かなぁ？　確か、レザリアの人達って凄く怖いって……」

カッシュやウェンディ、テレサ、セシル、リンなど応援組が陣取っている。

そして、周りを見渡せば……

「さぁて、どっちが勝つかな？　どう思う？」

「……心情的には、私達を下した帝国に勝って欲しいわね」

アディルにエルシードといった、ハラサの代表選手団。

「後は、ただ、彼女達の行く末を見守りましょう」

「せやな……」

サクヤやシグレといった、日輪の国の代表選手団。

他にも、緑の国タリーシンのギリアム、ガルツのフレデリカ、セリア同盟のアルフレッド、アルマネスのクリームヒルトなど、試合には敗退したものの、今大会で目覚ましい活躍をした者達が観客席に集っている。

きっと、誰もが見たいのだ。知りたいのだ。

今、この世界で、名実共に最強の魔導大国は一体、どこなのか。

この同世代の若き魔術師の中で最強は一体、誰なのか。

その答え合わせの時を、今か今かと待ち構えているのだ。

やがて、システィーナやマルコフら、両国の選手達が、見下ろす中央競技フィールドに姿を現して……それを見守る観客達のボルテージが一段階上がった。

「決勝のルールは……何もないわ。平条件よ」

腕組みして、眼下の生徒達を見守るイヴがぼそりと言う。

イヴの指摘した通り、今まで空間を操作して複雑な地形が築かれていた競技フィールドが、今は何もない平らな状態だ。

「何の縛りも小細工もない、真っ向からの魔術戦。純粋なる技術と技術の競い合い」

「この戦いにおいては、単純に強い方が勝つ。……わかりがよくていいぜ」

グレンがにやりと応じる。

「そうだ……戦いと言えば、女王陛下もだな……」

「ええ、そうね」

イヴが頷く。

「この数十年ぶりに開催した魔術祭典……その真の目的」

「アルザーノ帝国とレザリア王国の首脳会談……」

グレンは、ふと明後日の方向へ視線を外す。

このセリカ＝エリエーテ大競技場から見て南東――ちょうど自由都市ミラーノの中心部にある巨大な宗教的建築物――ティリカ＝ファリア大聖堂。

あの場所で、今、アルザーノ帝国とレザリア王国の両国の首脳会談が行われている。

この結果次第で、常に冷戦状態である帝国と王国の関係が変わる。

帝国の未来が決まるのだ――

「今、貴方が気にすることじゃないでしょう」

イヴの冷ややかな指摘に、グレンが我に返る。

「今はきちんと、貴方の可愛い教え子達の晴れ姿を見てあげなさい」

「お、おう……そうだな……」

グレンが、気を取り直して眼下の競技フィールドを見下ろす。

すると、システィーナと目が合った。

遠くで、システィーナがこくりと頷く。

グレンが、無言で頷き返す。

すると、システィーナは満足げに薄く微笑み、くるりと身を翻し、フィールドの向こう側に立つレザリア代表選手団へと向き直るのであった。

やがて、大歓声に包まれる中、試合開始の合図となる照明弾が空へと上がり……

ついに、魔術祭典決勝戦の幕が上がるのであった。


――――。


それは、誰もが予想したことだが――

帝国と王国の首脳会談は、紛糾を極めた。

アルザーノ帝国とレザリア王国の間には、共に手を取り合って、平和協調路線を約定するには、避けて通れない諸々の問題が山とある。

特に、四十年前の奉神戦争から今も尚、うやむやになっている国境問題や、万年雪連峰に存在する帝国の実効支配地の返還要求などだ。

特に——東部の高山区カラール。

元々は、王国が切り捨てる形で放棄した土地を、そこに住まう見捨てられた民の要請に応じて、帝国が援助する形で領土に組み入れた土地だ。

近年、この地方で貴重な魔法鉱石が採掘されるようになったため、そこは国有財産権を主張するレザリア王国にとって、アルザーノ帝国に対する絶好の攻撃ポイントとなる。

そして、その土地は現在のアルザーノ帝国にとって、東の守りの要地でもあるため、手放すわけにもいかない。

「もし、貴様ら帝国が、我らと手を結びたいのであれば、まず誠意を見せるべきではないのかね⁉」

「そうだッ！　あの土地は元々、我らのものだッッッ！」

「帝国は不当に、我らの領土を侵犯しているッッッ！」

そんなレザリア王国側の言いがかりに、アリシア七世は——

「不当な領土侵犯と仰るならば、それは筋違いです。さる１８２５年、当時の両国首脳が締結したカラール併合条約にて、そちらの同意は取得済み、最終的かつ不可逆的に解決しています」

時に、「歴史的事実に基づいた正論で――

「採掘される魔法鉱石の第一区分の優遇取引先に、貴国を組み入れる準備はあります。それはきっと貴国に富を、両国の発展をもたらすでしょう」

時に、経済方面からの懐柔策で――

「武力をもってカラールを制圧する？　ご冗談を。我々の情報収集能力を甘く見ないで欲しいですね。今の貴国にそのような体力はありません。四方に展開した宗教浄化政策により、貴軍の戦線は伸びきっています。すでに、貴方達教会側に不満や反発を持ち非協力な周辺諸国も多い。その状態で、あの難所を攻めるなど自殺行為に等しいですわ」

時に、卓越した情報網から算出した、戦略的事実を突きつけ――

「むしろ、貴国は、大陸北部の雄、不死王ファル＝シュバルツ公爵の夜の国へと手を出したことで、今、あの不死王と最悪の緊張状態にある。そんな怪物との決戦を前に、後方の安全……特にカラールの要地的安全保障が、貴国は喉から手が出るほど欲しい。

そして、我々も国防の観点から、夜の国への防波堤となる貴国に沈んでもらうわけにはいかない……わかりますか？　手を結ぶしかないんですよ、我々は」

時に、圧力をかけて迫り――

「成る程。そこまで仰るならば、我々は話し相手を変える必要があるやもしれません。そう、たとえば……貴国が恐れて止まない夜の国の盟主——不死王ファル＝シュバルツ公爵などと、今後について歓談するのも悪くないかもですね」

時に、さらりと脅しも入れる。

首脳会談の場は、常にアリシア七世の独壇場であった。

王国側も、様々な攻撃や反論を試みる。

統治正当性の主張、同盟諸国の武力を背景にした圧力外交、宗教論争……

だが、王国側の理論武装の二手も三手も先を読むアリシア七世には、何のダメージにもならない。

正論には、暴論で。

暴論には、屁理屈で。

屁理屈には、正論で。

アリシア七世は、巧みにレザリア王国の攻撃を捌き続ける。

そして、常に提案するのは両国の発展と未来。

しかも、その提案のどれもが、どちらかの国が一方的に不利になる物ではない。互いに手を取り合うことで、両国の長期的の益となる建設的な提案ばかりだ。

レザリア王国の教皇庁強硬派の連中とて、皆が皆、信仰重視一辺倒ではない。このように具体的な利や益を見せられれば、心が傾く者もいる。

そして、この場においては各国首脳の目もある。

アルザーノ帝国の盟主が、これほどまで建設的な案を出しているのに、代案すらないどころか、言いがかりや宗教論争ばかり持ち出してゴネるのは一国家としてどうなのか……そんな風にも取られてしまう。

当然、それは矜持の塊みたいなレザリア王国や聖エリサレス教会教皇庁にとって、許容できない屈辱だ。

「こちらからも提案があります。仰る通り、今、我々は行き過ぎた宗教浄化政策により、特に南原の周辺諸国との関係性が最悪の状態にあります。諸国と優良な関係性を築いている貴国に、関係改善の仲介を願いたい。可能なら、こちらも一考の余地があります」

そして、ファイス司教枢機卿の巧みな援護――アリシア七世に、一方的にしてやられたと王国や教会の連中に思わせにくくなるような要求を通していく。

「北陸海路の開放。そのルートを使用した、北陸沿岸経路沿いの通商取引における関税の全面的撤廃。……我々は内陸の国です。ゆえに、これだけは絶対に譲れません」

「……っ、……いいでしょう、承りましたわ。それが両国のためなら」

実は、こういったことは、あらかじめ水面下で密かに行っていた交渉で、予定通りなのだが、公の場としては、王国が帝国を一枚上回り、してやったようにも見える。

こういった茶番こそが、国家の面子や矜持を守るのだ。

——こうして。

全ては、アリシア七世の思惑通りに進んだ。

終わってみれば——アリシア七世の圧勝。

両国にとって、実に建設的な会談に終わる。

今後に繋がる実に有意義な条約も、いくつか締結。

これは——まさに歴史的成果であった。

（ふう……やりました……うまくまとまりました……）

十年、いやこの手応えなら、向こう数十年。その平和を勝ち取ったアリシア七世は、安堵の息を吐くのであった。

長年の苦労が今、報われたのである。

（……長かった……これで……）

その胸に湧き上がる喜びと達成感を、アリシア七世は噛みしめる。

見れば、融和派にとっては大金星なこの結果に、ファイス司教枢機卿も、フューネラル教皇も安堵の息を吐いているようだ。

今、長年の軋轢で硬直化していた歴史に、大いなる転換期が訪れたのである。

(無駄じゃなかった……私が今までやってきたことは、全部、無駄じゃなかった……あの子が……エルミアナが生きる未来に、平和な時代を築くことができます……これで、私はようやく、あの子に胸を張れる……)

首脳会談終了と共に、会場に上がる盛大な拍手。

相席した誰もが、この結末を祝福する。喜びのままに受け入れる。

めでたし、めでたし。

アルザーノ帝国、レザリア王国の両国の未来に幸あれ。世界に幸あれ。

その場が、そんな風にまとまりかけた——その時であった。

「いやぁ、しかし……残念だなぁ」

今の今まで、意外なほど大人しかったアーチボルト枢機卿が、突然、勝ち誇り始める。

「一体、どうしたというのですか？　アーチボルト枢機卿」

「いや、何……もし、ファイス司教枢機卿とフューネラル教皇が、貴方達帝国側の手の者によって〝暗殺〟さえされなければ……この和平は成ったろうにね」

しん……

意味不明なアーチボルト枢機卿の言葉に、会場が水を打ったように静まりかえる。

そして、少しずつ困惑と動揺が、その空間に毒のように滲んでいく。

「……アーチボルト枢機卿？　貴方は一体、何を仰って……？」

ファイス司教枢機卿が、狼狽えたように問い返す。

「いや、何……言葉通りですよ、ファイス司教枢機卿。残念ながら、貴方達はこれから、心なき帝国の手の者によって〝暗殺〟されてしまうのです」

「……ッ⁉」

「そして、僕は、ファイス司教枢機卿とフューネラル教皇を討った卑怯な帝国に、正義の鉄槌を下すため……国の威信をかけて、戦わなければならないんですよ」

ざわ。

ざわ、ざわ、ざわ……

アーチボルト枢機卿の言葉に──場に緊張が走った。

「さぁ……始めようか」

そして、アーチボルト枢機卿が……ゆっくりと手を──上げる──

その時、その場に集う各人の思考が、爆速で疾走した。

まるで、時の流れが緩やかになったような感覚が、その場の全員を支配する。
そして——
すぐそこまで迫った最悪の瞬間に抗うため、皆が一斉に動き出す——

(——来た！)

その時、アリシア七世は、がたん！　と立ち上がっていた。
アーチボルト枢機卿は、聖エリサレス教会強硬派の筆頭。
そして、帝国との開戦を望む最右翼。
そのためには、融和派のファイス司教枢機卿と、現教皇フューネラルの存在が邪魔だ。
首脳会談の場で何か仕掛けてくるかも……アリシア七世もその可能性は考えていた。
警戒はしていた。
(けど、まさか——こんな大胆な手を打つとは!?)
しかし、こんな各国首脳が大勢集う前で、白昼堂々と暗殺？
一体、どうやって？　しかも、どう後に続ける？　後処理は？
アリシア七世が、警戒も露わに周囲を見渡す。
周囲には、警護結界が張ってあるのだ。無理だ。不可能だ。暗殺なんて。

だが、今は考えている暇はない。

アリシア七世は、万が一の時のために用意していた、〝備え〟を使用することを、ここに決意する――

(頼みましたよ――……アルベルト!)


(ふん、やはり来たか)

その時、アゼル=ル=イグナイト卿は、椅子に腰掛けたまま、悠然と構えていた。

(アーチボルトごときの若造め。貴様の目的など、とうに読み切っていたわ)

ゆえに、イグナイト卿は、密かにイリアを動かしたのだ。

アーチボルト枢機卿が雇った暗殺者を、イリアに皆殺しにさせたのだ。

(まぁ、帰還したイリアの様子が少しおかしかったが、問題ない。なぜなら、その暗殺者達の存在はフェイクだからだ。……当然、この私がわからぬとでも?)

そう、イグナイト卿は、読み切っている。

この暗殺の本命は、恐らく――……

そして、だからこそ、フェイクの暗殺者達だけを殺させるだけに止めた。

敵の狙いを、こちらが看破していないと錯覚させるために。

そして、武功とは、公衆の面前でわかりやすく挙げてこそ意味がある。

だから、あえて本命の暗殺者を泳がせていたのだ。自分の手で始末をつけるために。

イグナイト卿は、にやりと不敵に笑う。

(さて――今、戦争は起こさせぬ……来たるべき時のために……我が手中に帝国と王国を収めるためになッ!)


(ほう? やはり、ここで来ますかな?)

その時、その場に出席していた、とある人物が密かにほくそ笑む。

(そして、ええ、そうでしょう。ここに集う貴方達はこの展開を読んでおられた。それに対する備えも万全、必ずや自分の思惑通りに事が運ぶ……そう信じていらっしゃる)

その人物は、ちらりと自分の左手を見る。

そこには、一つの指輪が嵌まっている。

(その先見の明、人間にしては見事と褒めて差し上げましょう。ですが、残念ながら、教皇フューネラルとファイス司教枢機卿はここで〝暗殺〟されます。貴方達の敗北は、たかが人の常識でしか、物事を計れなかったことなのです)

そして、その人物は指輪を嵌めた手を、ゆっくりと動かす――

（そう、この場は我々の勝利です。我々、天の智慧研究会のね……）

（──などと、皆、そう思っているのだろうな、あの顔は！　自分こそが全てを出し抜いてやったと！）

その時、アーチボルト枢機卿が勝利を確信して、ほくそ笑んでいた。

どいつもこいつもまるでズレている。

自分の狙いは、もっと想像を絶するところにあるというのに。

（バカめ！　数瞬後、貴様らが目の当たりにするのは、誰も予想できなかった、想像を絶する光景だ──ッ！）

極限まで疾走する思考。

それが演出する緩やかな時の流れ。

だが、それは──、

「ぐわぁあああああああああああああーーッ!?」

突然、アルザーノ帝国側の高官達、数名が頭を抱えて叫びを上げたことで、解除された。

その高官達が、いつの間にか奇妙な変貌を遂げている。

目は血走り、全身が鋼のような筋肉で膨れあがり、その爪や牙が怪物のようにぎらりと鋭く伸びている――

どんっ！

その怪物と化した帝国側の政府高官達が、人知を超えた挙動と速度で、呆気に取られるファイス司教枢機卿と、フューネラル教皇へと襲いかかり――

同時に、アーチボルト枢機卿が勝利を確信したように、にやりと笑った。

なぜ？　どうして、帝国の家臣が？　いつの間に？　一体、どうやって⁉

そんなことを考えている思考の隙間は一分もない。

今、許されているのは、ただ、その非情な現実に対処することのみ。

時は――動き出す。

その場に集うそれぞれが、それぞれの思惑の下に、一斉に動き出す――

「させませんッ！　アルベルト――ッ！」

逡巡は一瞬、即決断したアリシア七世が叫ぶ。

その指示は、魔術の信号となって、ティリカ＝ファリア大聖堂から、遥か南へ３０００

メトラを超えて飛ぶ。

雄大なるスコルフォルツ城の、最も高き尖塔の上に陣取るとある人物に。

現・帝国宮廷魔導士団特務分室最強の男へと――

「アルベルトさんっ！」

簡易使い魔契約の魔術によって、首脳会談内のアリシア七世と視覚同調、さらにその情報をアルベルトへと送っていたクリストフが、アルベルトを振り返りながら叫ぶ。

「距離3021、高低差マイナス20、対象3、結界遮蔽強度8、そのわずかなスキ間を射貫く壁越し超長距離魔術狙撃――そんな奇跡みたいな神業、行けますか!?」

そんなクリストフの切羽詰まった問いかけに。

「……容易だ」

小銃に似た魔杖《蒼の雷閃》を構えたアルベルトが、淡々と応じる。

その鷹のように鋭い双眸が遥か彼方を見据え、そこへ真っ直ぐ向けた杖先に、圧倒的な蒼い雷撃が漲って――放たれる。

（いざという時のために、備えていましたッ！　ファイス司教枢機卿とフューネラル教皇は絶対に殺させない……ッ！）

アリシア七世の祈りが、その場に強く残響する――

「ふん、させぬッ！」

イグナイト卿が叫ぶ。

「我が二つ名を忘れたか——《紅焔公》の名をッ！」

業ッ！

凄まじい圧倒的熱量の炎が、イグナイト卿の周囲を渦巻き、熱波が嵐となった。

熱と炎の魔術を極めしイグナイトの秘伝。

眷属秘呪【第七園】——指定した領域内における炎熱系魔術の起動『五工程』を全て省略できるというバカげた秘奥義が、今、ここに披露される——

（武功を立てるのはこの私ッ！　我がイグナイトこそが、帝国の、ひいては王国の真なる統治者！　貴様らはその礎なのだッッッ！）

（ふっ……今ですね。とても良い頃合いですな）

その人物が、ほくそ笑む。

その指に嵌られた指輪が、怪しげな光を密かに放つ。

どくん……

闇が──蟠る。

ずくん……

闇が──落ちてくる。

此方とは違う、彼方の世界──どこでもない場所から、人間など及びもつかない強大な概念存在が、此方の世界へ進出しようと、門の扉を叩く。

それは──悪魔召喚術と呼ばれる、外道の技。

今、悪魔と呼ばれる存在が、この世界に受肉し、生まれ落ちようとして──

（ふっ……ファイス司教枢機卿とフューネラル教皇はここで退場……レザリア王国を裏から牛耳るのは、我々天の智慧研究会なのですよ……ッ！）

──その時。

その場の誰もが、思っていた。

〝勝った〟と。

〝自分の思惑通り〟だと。

自分こそが、この場に渦巻く陰謀や思惑を出し抜き、一番上に立ったのだと。

自分こそが、勝者──

その場の誰もがそう確信した瞬間──

その場の誰もが──それを裏切られた。


「〝読んでいたよ〟」

がっしゃあああああああああああああああああんッ！


それは、何の前触れもなく唐突に起きた。

天井のステンドグラスを破って、一人の男が舞い降りてくる。

無数の天使と共に、舞い降りてくる。


「なっ……」

「なん……だとぉ……ッ⁉」

それは──まさに一瞬の出来事だった。

なぜか突然、ファイスとフューネラルに襲いかかっていた怪物達が、何か見えない刃物で両断されたかのように真っ二つとなって、地に転がって──

その刹那、放たれた矢のように飛び交った人工精霊の天使達が──レザリア王国の王家にて現国王、ロクス＝イェル＝ケル＝レザリア五世と、王国の大臣達や各有力領主達の首を、呆気なく剣で斬り飛ばしていた。

ごろごろと空を舞う無数の首。

ぶしゃあ、びしゃあと吹き荒れる血飛沫の中――

そんな中に舞い降りたその男は、左腕を一閃。

その手の甲から伸びた黒いブレードが、その刹那、壁を突き破って飛来してきた《蒼の雷閃》の壮絶な超高圧電撃砲を弾き返し――

その軌道を曲げられた電撃砲が、イグナイト卿を真っ直ぐと襲う。

「く――ッ⁉」

イグナイト卿は、炎熱呪文の起動を放棄し、回避せざるを得なく――

「え？」

そして、この出来事に呆気に取られているアーチボルト卿の頭に、その全身に。

びきびきと、まるで編み目のように血管が浮いていって……

ぼんっ！　ぶしゅううううーっ！

突然、弾けて、全身からどす黒い鮮血をぶちまけながら、見るも無惨な姿で倒れ伏し
――瞬時に絶命。

しん……


全ては、ほんの一瞬の出来事。

誰もが予想できなかった、予想できるわけもなかったこの光景に……全員が唖然と沈黙するしかなかった。

「今のアーチボルト枢機卿の症状は……《天使の塵》の末期症状……？」

唖然とするアリシア七世の呟きが、ぽつりと零れる。

「駄目だね。なってないよ、貴方達のシナリオは。はははは！」

そんな中、この惨劇を、この荒唐無稽な大どんでん返しを見事に演出したその男……ジャティス＝ロウファンは、さも愉快げに笑う。

静まりかえるその場で、ただ一人、おかしくてしょうがないといった案配で、笑い続けるのであった。

「平和の会談？　笑止だね。はっきり言って茶番なんだよ、貴方達がやっているのは。

女王陛下。邪悪の血を引く身ながら、平和のために尽力するその尊き姿に、僕は敬意を表する。だが、貴女のやっていることは、問題の先送りに過ぎない。

イグナイト卿。貴方は醜い野心の炎に身を焦がし、後に王国と戦争するため、女王陛下と形だけ協力して、一時的な偽りの平和を得ようとしてたりさぁ？　色々ヤバい準備してるよね？　過去の英雄達を、今、どれくらい手駒に揃えたんだい？」

「…………」

ジャティスを鋭く睨み付けるイグナイト卿。

「無論、アーチボルトは王国を牛耳って、帝国と戦争する気満々だったし？　天の智慧研究会は天の智慧研究会で、アーチボルトを唆して、信仰兵器を得ようとしてさぁ？　やっぱり、王国と帝国を戦争させる気満々だよね？

ねぇ？　そう思わないかい？　フューネラル教皇。あ、話変わるけど、その指輪、素敵だねぇ？　なんか不気味でさ……いかにも悪魔が呼べそうな指輪だよねぇ？　くく、自主引退は早いよ……貴方にはもっと舞台の上に立っていていただかないとさ……」

そんな、試すように挑発的なジャティスの問いに。

「…………」

フューネラル教皇は、上げかけていた指輪の腕を引っ込め、無言を貫く。

「とにかく茶番なんだよ……この会談では誰が勝っても、どう足掻いても、帝国と王国の戦争は避けられない……そういう構造なのさ。

戦争が起きるのが後か先か……それだけなのさ。折角の平和の祭典なのに、それはよくない。非常によくない。そう思うでしょう？　世界の諸兄諸姉ら」

ジャティスが大仰な素振りで両手を広げ、硬直する世界各国の首脳陣を見渡す。

「で、少しネタバレをするとさ。帝国と王国の全面戦争……これが天の智慧研究会の真の狙いなわけさ。これがよくない。非常に良くない。〝この二つの国が争い、この二つの国に血が流れる〟と……うん、理由を盛大に省くけど、滅ぶんだよね、世界」

理解ができない。

誰もが理解できない。

だが、その狂人の戯れ言に圧倒され、誰もが無視できないのがこの場であった。

「邪悪な意思によって呪われたアルザーノ帝国、ついでにレザリア王国も滅ぶべきなんだけど……帝国と王国が戦争するのだけはよくない。実に悩ましいところさ。

そこでさ、僕は必死に考えた。この世界を救う方法を。どうすれば、帝国と王国の戦争を避けられるか？　なんとしても、帝国と王国の戦争だけは避けなければ。そこで、僕が考えた第三のシナリオを諸兄諸姉らにご提案しよう。そう――」

そして、ジャティスは言ったのだ――

「〝第二次魔導大戦の幕開け〟――なんてどうだい？」

――誰もが、さらに啞然とするしかない、狂気の言葉を。

「そうさ、二百年前の再来……人と邪神の戦い！　そんな第二次魔導大戦が起これば、帝国と王国の争いなどなくなる……そうだろう？」

「な……」

「ああ、無論、この邪神との戦いで多くの人間が死ぬだろうね……哀しいことだ。でも、帝国と王国が争えば、この世界は真に破滅する……ならば、これは〝正義〟だッ！

おあつらえ向きに、実は、僕はその邪神の眷属を招来できる人間を知っているんだよ……そう、『無垢なる闇の巫女』をね……くっくっく！　あはははは、はははははははははははははははははははははははははーーッ！」

そんなジャティスの言葉に、ファイス司教枢機卿が叫んだ。

「まさか――貴方は一体、どこまで知っているんです⁉」

「さあね？」

「貴方は本当に、第二次魔導大戦を起こすつもりなのか⁉ 邪神を、この世界に招来するつもりなのか⁉ 貴方はたった一人でこの世界に戦いを挑むつもりなのか⁉」

「ふっ……それは――」

そんなファイス司教枢機卿に答える間もなく。

どんっ！

遥か3000メトラ先の天空より飛来せし蒼の雷撃閃が二閃、結界と壁をブチ抜いて、ジャティスの頭部と胴体を吹き飛ばす。

アルベルトの魔術狙撃だ。

だが――ジャティスの姿は、そのまま、細かい塵のような物に砕けて、霧散していくのであった。

「……人工精霊……ッ⁉ いつの間に……ッ⁉」

「追えッ！ 捜せッ！ 周囲を捜索しろ！ まだ近くに居るはずだーーッ！」

騒然とする場。

大混乱が支配する中、慌ただしく護衛や警邏が動き始める。

先程までの、平和への輝かしい未来を展望していたその場は、今や儚い泡沫。

ただあるのは、まるで先の見えぬ、掛け値なしの混沌であった。

(そんな……私の理想が……願いが……)

今、自分が思い描いた平和の構図が、未来が、がらがらと音を立てて崩れていく感覚を

アリシア七世は覚えるのであった――

――同時刻。

しん……

セリカ=エリエーテ大競技場は――まるで深夜のように静まりかえっていた。

「……え？」

システィーナは……ただただ、呆然とその場に立ち尽くしていた。

目の前には……十の死体が転がっている。

マルコフ=ドラグノフと、その仲間達……レザリア王国、ファルネリア統一神学校の代表選手達だ。

「……な、に……これ……？」

つい先程まで、システィーナ達は、マルコフ達と白熱の魔術戦を繰り広げていた。

平条件、お互いの秘術・奥義を尽くした総力戦だ。

その熱い戦いに観客達が熱狂し、高まる戦いのボルテージに、システィーナも柄にもなく熱く魂を燃やしていた……まさにその時だったのだ。

システィーナの目の前でマルコフ達が、急に苦しみだして……全身に編み目のような血管を浮かび上がらせて……

そのまま、全員、ひしゃげて壊れた。

ドス黒い血をまき散らして、見るも無惨に。

そして──システィーナには、その症状に見覚えがあった──

「……え、『天使の塵』……ッ！　まさか……まさか……ッ⁉」

わなわなと震えるシスティーナに。

「ね、ねぇ……システィーナ先輩……なんです⁉　一体、なんなんですこれ……？」

すっかり、青ざめ怯えきったマリアが、その腕にしがみつく。

他の連中──流石のリゼも、レヴィンも、ギイブルも、コレットも、フランシーヌも、ジニーも、ハインケルも。

この異常過ぎる異常事態に、青ざめながら無言で硬直するしかない。

「し、死んじゃったんですか……？　ほ、本当に……？　嘘ですよね……ッ⁉」

「マリア！　皆！　気をつけて！　何かが起きるわ!?」

流石に潜り抜けた修羅場の差か、その中で誰よりも早く復帰したシスティーナが、仲間達を叱咤し、周囲を警戒する。

（何がなんだかわからない！　でも——今、何かが起きている……ッ！）

そして——

この緊急事態に、大会運営側も流石に中央競技フィールド内に張ってある断絶結界を切ったらしい。

「白猫ぉおおおおおおおおおおーーッ！」

グレンやイヴ、リィエル、エルザが、フィールド内に降り立ち、駆け寄ってくる。

「先生！」

システィーナが、そんなグレン達を振り返った……その時だった。

ひらり、はらり……

白い羽が一枚、二枚……システィーナの視界を横切った。

「な……」

思わずシスティーナが、頭上を見上げれば――

「〝もう大会は中止だから、大会中に手を出していることにはならないだろ？〟……あの男の理屈は、本当によくわからないわ」

その虚空に浮くように佇んでいたのは、三対六翼を羽ばたかせていた少女と。

「すまないが……僕達と一緒に来てもらうよ。……マリア＝ルーテル」

黒ずくめのコートの青年。

「いや……あえてこう呼ぼう。『無垢なる闇の巫女』――ミリアム＝カーディス」

「……え……？　カー……ディス……？」

呆けたように呟き、システィーナの腕へと縋り付くマリア。

そんなマリアを庇うように、一歩前に出るシスティーナ。

そして――

「ルナァアアアアアアアアアアアアアアーーッ！」

そんなシスティーナの下へ辿り着こうと、グレン達が、あまりにも遠い距離を駆ける。

今、歴史は大いなる転換期を迎えようとしていた――

あとがき

こんにちは、羊太郎です。

今回、『ロクでなし魔術講師と禁忌教典』十六巻、刊行の運びとなりました。

編集者並びに出版関係者の方々、そしてこの『ロクでなし』を支持してくださった読者の皆様方に無限の感謝を。

今回の十六巻、話としては前巻から引き続き、世界を舞台にした魔術祭典ですが……いやぁ、話がまたカオスになってまいりました（白目）。

表舞台では、システィーナを始めとする生徒達がガンガン活躍する一方で、裏舞台では面倒臭い連中が暗躍していて……そして、何よりも今回、ついに明かされる『アリシア三世の手記』の中身！　これで、ロクでなしという物語の裏背景が、かなりに明らかになってしまったかと。

つーか、どんどん話がデカくなるな、コレ！　一体、この話はどこへ向かっているのだろうか!?　で、でも、大丈夫ですよ!?　読者の皆様は心配しないでください！　行き当たりばったりのように見えて、ちゃんと全部計算してあります！
ちゃんと纏（まと）まります！　全ての伏線（ふくせん）を綺麗（きれい）に回収して、きちんとゴールに辿（たど）り着（つ）いてご覧にいれましょう！　そのルートはもう見えてますし、ゴールだってとっくに決まっているのです。後は、書くだけなのです！

そして、色々とお知らせです。

ロクでなしもついに、五周年！　というわけで、その記念に、なんとまた人気投票を行うことが決まりました！　２０２０年1月18日頃からの一ヶ月間『ロクでなし人気キャラ投票』が、ファンタジア文庫の公式サイトで行われるそうです！　よかったら是非（ぜひ）、参加してみてください！　1位になったキャラには素敵な特典があるそうですよ！

それと僕、羊太郎、今さらですがTwitter始めました。日々のなんでもないことをぼやくだけですが、こんな僕を観察したいという奇特（きとく）な方がいらっしゃったら、どうかフォローしてやってください。ユーザー名は『@Taro_hituji』です。

それでは、どうかこれからも、色々とよろしくお願いします！

羊太郎

ロクでなし魔術講師と禁忌教典16

令和２年１月20日　初版発行
令和６年10月25日　３版発行

著者——羊 太郎

発行者——山下直久
発　行——株式会社KADOKAWA
〒102-8177
東京都千代田区富士見2-13-3
0570-002-301（ナビダイヤル）
印刷所——株式会社KADOKAWA
製本所——株式会社KADOKAWA

ISBN978-4-04-073273-2 C0193 ◆◇◇

ファンタジア文庫
新たなる
今、
るな
瑠奈=アルトゥール
アーサー王候補でキャメロット学
園の生徒会長だが、ロクでなし。
まがみりんたろう
真神凜太朗
自分に絶対の自信を持つ少年。暇
つぶしのため、瑠奈に力を貸すことに。
1~5巻
発売中!

ファンタジア文庫
イスカ
帝国の最高戦力「使徒聖」の一人。争いを終わらせるために戦う、戦争嫌いの戦闘狂
女と最強の騎士
二人が世界を変える──
帝国最強の剣士イスカ。ネビュリス皇庁が誇る魔女姫アリスリーゼ。敵対する二大国の英雄として戦場で出会った二人。しかし、互いの強さ、美しさ、抱いた夢に共鳴し、惹かれていく。たとえ戦うしかない運命にあっても──
1～8巻好評発売中！

細音啓が紡ぐ新たなるヒロイックファンタジー
細音啓
イラスト
猫鍋蒼
キミと僕の最後の戦場、あるいは世界が始まる聖戦
the War ends the world / raises the world
至高の魔敵対する
アリスリーゼ
帝国と対立しているネビュリス皇庁の第２王女で強力な氷の星霊を使う「氷禍の魔女」

この少年、神々の子につき

羽田遼亮

ill fame

神々に育てられしもの、最強となる

A boy raised by gods will be the strongest.

神々の住む山――テーブル・マウンテン。

その麓に捨てられた赤ん坊は、神々に拾われ、
ウィルと名付けられるが……。

「この子には剣の才能がある、無双の剣士にしよう」

「いいえ、この子は優しい子、最高の治癒師にしましょう」

「いや、この子は天才じゃ、究極の魔術師にしよう」

剣の神、治癒の神、魔術の神による英才教育を受け、
神々をも驚愕させる超スキルを修得していくウィル。

そんなある日、テーブル・マウンテンに、
ひとりの巫女がやって来て……。

すべてが規格外な少年・ウィルの世界を変える旅が始まる!

すべてが規格外
ウィル
神々の暮らす山の麓に捨てられ、
剣の神、治癒の神、魔術の神に
育てられた少年
ファンタジア文庫
1~2巻好評発売中!